Velas Escarlates
Conto feérico

ALEKSANDR GRIN

Velas Escarlates
Conto feérico

Tradução
Lucas R. Simone

Principis

Esta é uma publicação Principis, selo exclusivo da Ciranda Cultural
© 2021 Ciranda Cultural Editora e Distribuidora Ltda.

Traduzido do original em russo
Алые паруса

Texto
Aleksandr Grin

Tradução
Lucas R. Simone

Preparação
Olga Aliokhina

Revisão
Mariane Genaro
Fernanda R. Braga Simon

Produção editorial
Ciranda Cultural

Diagramação
Ciranda Cultural

Design de capa
Ciranda Cultural

Imagem
paseven/Shutterstock.com

Dados Internacionais de Catalogação na Publicação (CIP) de acordo com ISBD

G866v	Grin, Aleksandr
	Velas escarlates: conto feérico / Aleksandr Grin ; traduzido por Lucas R. Simone. - Jandira : Principis, 2021.
	96 p. ; 15,5cm x 22,6cm. - (Clássicos da literatura mundial)
	Tradução de: Алые паруса
	ISBN: 978-65-5552-197-9
	1. Literatura russa. I. Simone, Lucas R. II. Título. III. Série.
2020-2567	CDD 891.7
	CDU 821.161.1

Elaborado por Vagner Rodolfo da Silva - CRB-8/9410

Índice para catálogo sistemático:
1. Literatura russa 891.7
2. Literatura russa 821.161.1

1ª edição em 2021
www.cirandacultural.com.br
Todos os direitos reservados.
Nenhuma parte desta publicação pode ser reproduzida, arquivada em sistema de busca
ou transmitida por qualquer meio, seja ele eletrônico, fotocópia, gravação ou outros,
sem prévia autorização do detentor dos direitos, e não pode circular encadernada ou
encapada de maneira distinta daquela em que foi publicada, ou sem que as mesmas
condições sejam impostas aos compradores subsequentes.

SUMÁRIO

A profecia 9

Grey..29

O alvorecer 46

Na véspera 59

Os preparativos para o combate............................71

Assol fica sozinha 83

O segredo escarlate..88

*O autor
oferece a obra e a dedica a Nina Nikoláievna Grin
Petersburgo, 23 de novembro de 1922*

A PROFECIA

Longren, marinheiro do *Orion*, um robusto brigue de trezentas toneladas, no qual ele serviu por dez anos e pelo qual era mais apegado que qualquer filho à própria mãe, deveria finalmente deixar o serviço.

Aconteceu da seguinte maneira. Em um de seus raros retornos para casa, ele não viu, como sempre via, ainda de longe, na soleira de casa, a sua esposa Meri agitando os braços e depois correndo ao seu encontro, até perder a respiração. No lugar dela, ao lado de um bercinho de criança – um novo objeto na pequena casa de Longren – estava sua vizinha, agitada.

– Passei três meses cuidando dela, velhinho – disse ela. – Olhe para a sua filha.

Sem conseguir dizer ao menos uma palavra, Longren inclinou-se e viu a criaturinha de oito meses, que contemplava atentamente a sua longa barba; depois, sentou-se, abaixou a cabeça e começou enrolar o bigode. O bigode estava molhado de chuva.

– Quando Meri morreu? – perguntou ele.

A mulher contou uma triste história, interrompendo o relato com gemidinhos carinhosos para a menina e com garantias de que

Meri estava no paraíso. Quando Longren soube dos detalhes, o paraíso pareceu-lhe pouco mais luminoso que o galpão de lenha, e ele pensou que o brilho de uma simples lâmpada – se estivessem todos juntos ali, os três – seria, para a mulher que partiu em direção à terra desconhecida, um deleite insubstituível.

Uns três meses antes, a situação financeira da jovem mãe estava muito ruim. Do dinheiro deixado por Longren, bem a metade tinha ido embora com o tratamento, após um parto difícil, e com os cuidados com a saúde da recém-nascida; finalmente, a perda daquela quantia não muito grande, mas indispensável para a vida, fez com que Meri pedisse dinheiro emprestado a Menners. Menners era dono de uma taverna e era considerado um homem abastado.

Meri foi até a casa dele às seis horas da tarde. Por volta das sete, a narradora encontrou-a na estrada para Lisse. Em lágrimas e abalada, Meri disse que estava indo até a cidade para empenhar a aliança de casamento. Acrescentou que Menners concordou em dar o dinheiro, mas exigiu em troca que fosse amante dele. Meri não conseguiu nada.

– Na nossa casa não tem nem uma migalha de comida – disse ela à vizinha. – Vou dar uma passada na cidade, e de algum jeito eu e a menina vamos suportar até a volta do meu marido.

Naquela noite, o tempo estava frio, ventava; foi à toa que a narradora tentou convencer a jovem mulher a não andar em Lisse perto da madrugada. "Você vai ficar ensopada, Meri, está chuviscando, e pode ser que o vento traga um aguaceiro."

Do vilarejo litorâneo até a cidade, numa caminhada rápida, ida e volta, dava pelo menos três horas, mas Meri não ouviu os conselhos da narradora. "Chega de ser um peso para vocês", ela disse. "Já não há quase nenhuma família para quem eu não tenha pedido emprestado pão, chá ou farinha. Vou empenhar o anel e pronto." Ela foi até lá, voltou e no outro dia ficou de cama, ardendo e delirando; o mau tempo e a garoa da noite causaram-lhe uma pneumonia dupla, como disse o médico da cidade que a bondosa

Velas Escarlates: conto feérico

narradora tinha chamado. Uma semana depois, na cama de casal de Longren, restou um lugar vazio, e a vizinha mudou-se para a casa dele, a fim de cuidar da menina e alimentá-la. Para ela, uma viúva solitária, aquilo não era difícil. Além disso – acrescentou ela –, sentia-se entediada sem aquele pedacinho de gente.

Longren foi até a cidade, pediu as contas, despediu-se dos companheiros e começou a criar a pequena Assol. Enquanto a menina não conseguia andar com firmeza, a viúva viveu na casa do marinheiro, fazendo as vezes de mãe para a órfã, mas, assim que Assol parou de cair e colocou o pé para fora da soleira, Longren declarou resoluto que agora ele mesmo faria tudo sozinho para a menina, e, depois de agradecer à viúva por sua atitude e compaixão, passou a viver a vida solitária de um viúvo, concentrando todos os seus desígnios, esperanças, amor e recordações na pequena criatura.

Dez anos de vida errante deixaram em suas mãos pouquíssimo dinheiro. Ele começou a trabalhar. Logo seus brinquedos apareceram nas lojas da cidade: pequenos modelos, feitos com habilidade, de barcos, lanchas, veleiros de um só convés e de dois conveses, cruzadores, vapores; resumindo, tudo aquilo que ele conhecia muito bem e que, graças ao caráter do trabalho, substituía em parte o estrépito da vida no porto e o pitoresco trabalho da navegação. Desse modo, Longren obtinha o suficiente para viver, dentro dos limites de um regime frugal. Pouco sociável por natureza, ele se tornou, depois da morte da esposa, ainda mais fechado e misantropo. Nos dias festivos, às vezes era visto na taverna, mas ele nunca se sentava, só bebia apressado, junto ao balcão, um copo de vodca e saía, lançando para os lados, com brevidade: "sim", "não", "olá", "adeus", "de pouquinho" para todas as palavras e acenos dos vizinhos. Não suportava visitas, livrando-se delas em silêncio, não pela força, mas com indiretas e situações inventadas, de maneira que não restava nada ao visitante além de pensar qualquer motivo para não permanecer mais ali.

Ele mesmo também não visitava ninguém; desse modo, entre ele e seus conterrâneos criou-se um frio afastamento, e, se o trabalho de Longren – os brinquedos – fosse menos independente dos afazeres do vilarejo, ele sentiria de maneira mais palpável as consequências dessas relações. Os produtos e os víveres ele comprava na cidade – Menners não poderia se gabar de uma caixa de fósforos sequer que Longren tivesse comprado dele. Também fazia sozinho todo o trabalho doméstico e enfrentava pacientemente a complicada arte de cuidar dos cabelos de uma menina, algo nada habitual para um homem.

Assol já tinha cinco anos, e o pai começava a sorrir com cada vez mais ternura ao olhar para seu rostinho bondoso e enervado, quando ela, sentada em seu colo, tentava resolver o mistério do colete abotoado ou cantarolava alegremente canções de marinheiro – uns poeturros selvagens. Transmitidas por uma voz de criança, e nem sempre com a letra "r", essas canções causavam a impressão de um urso dançando, enfeitado com uma fitinha azul. Nessa época, ocorreu um fato cuja sombra, tendo recaído sobre o pai, encobriu também a filha.

Era primavera, ainda em seu início, e severa, como o inverno, mas de outro tipo. Por umas três semanas, descia sobre a terra fria um vento litorâneo cortante, do norte.

Os barcos dos pescadores, arrastados para a margem, formavam, sobre a areia branca, uma longa fila de quilhas escuras, que lembravam espinhas de enormes peixes. Ninguém se atrevia a ocupar-se de seu ofício com aquele tempo. Na única rua do vilarejo, era raro ver alguém deixar sua casa; o frio turbilhão que vinha das colinas litorâneas em direção ao vazio do horizonte fazia do "ar livre" um duro tormento. Todas as chaminés de Caperna fumegavam, da manhã à noite, fazendo a fumaça esvoaçar pelos tetos escarpados.

Mas esses dias de vento norte atraíam Longren para fora de sua pequena e quente casa com mais frequência que o sol, que, no tempo bom, cobria o mar e Caperna com véus de ouro aéreo. Longren saía para o pavimento de madeira, estendido sobre longas filas de estacas,

Velas Escarlates: conto feérico

e, bem na ponta desse quebra-mar feito de tábuas, fumava durante muito tempo seu cachimbo avivado pelo vento, observando como o fundo do mar, desnudo junto à orla, fumegava com uma espuma pardacenta, mal conseguindo vencer os vagalhões, cujo retumbante correr em direção ao horizonte escuro e tempestuoso enchia o espaço com manadas de fantásticos seres felpudos, voando, em desenfreado e furioso desespero, rumo a seu distante consolo. Os gemidos e os ruídos, os disparos uivantes dos enormes borrifos de água e uma corrente de vento que açoitava os arredores e parecia visível, tão forte era seu soprar uniforme, traziam à alma extenuada de Longren aquele embotamento, aquele entorpecimento que, ao reduzir o pesar a uma vaga tristeza, tinha a mesma ação de um sono profundo.

Num desses dias, Khin, o filho de Menners de doze anos, ao perceber que o barco do pai estava se chocando contra as estacas, debaixo do pavimento de madeira, destruindo os costados, foi até o pai para lhe contar a respeito disso. A tempestade começou fazia pouco tempo; Menners se esqueceu de arrastar o barco para a areia. Ele foi rapidamente até a água, onde viu Longren, no fim do quebra-mar, de pé, de costas para ele, fumando. Na orla, além dos dois, não havia mais ninguém. Menners foi até o meio do pavimento, desceu até a água, que marulhava enfurecida, e desatou a escota; de pé no barco, ele começou a avançar em direção à orla, agarrando as estacas com as mãos. Não tinha levado remos, e, no momento em que, cambaleando, ele se soltou para agarrar a estaca seguinte, um forte golpe de vento lançou o nariz do barco para longe do pavimento, em direção ao oceano. Agora, mesmo com todo o comprimento do corpo, Menners não conseguiria alcançar a estaca mais próxima. O vento e as ondas, balouçando-o, iam levando o barco para a vastidão mortal. Ao dar-se conta da situação, Menners pensou em jogar-se na água para nadar até a orla, mas a decisão veio tarde, uma vez que o barco já ia rodeando próximo à ponta do quebra-mar, onde a profundidade considerável da água e a fúria dos vagalhões prometiam uma morte certa. Entre Longren e Menners, arrastado em direção à amplidão tempestuosa, não havia mais que dez sajenes[1] de distância salvadora, uma vez que, no pavimento, à mão de Longren, estava pendurado um rolo de corda, com um peso atado a uma de suas pontas. Essa corda ficava pendurada para o caso de alguém precisar atracar durante uma tempestade, quando era jogada do pavimento.

– Longren! – gritou Menners, mortalmente amedrontado. – Por que está aí parado como um paspalho? Não está vendo? Eu estou sendo arrastado! Jogue a amarradura!

Longren permaneceu em silêncio, olhando calmamente para Menners, que se agitava no barco; só seu cachimbo fumegou com mais força, e ele, com vagar, tirou-o da boca para ver melhor o que acontecia.

– Longren! – clamou Menners. – Você não está me ouvindo? Eu estou morrendo, salve-me!

Mas Longren não lhe disse uma palavra sequer; era como se ele não ouvisse os berros desesperados. Até o barco ser levado para tão longe, que as palavras-gritos de Menners mal o alcançavam, ele nem mesmo se moveu do lugar. Menners soluçava de terror, suplicava ao marinheiro que fosse correndo buscar os pescadores, que pedisse ajuda, prometeu dinheiro, ameaçou-o e cobriu-o de maldições, mas Longren só chegou bem perto da beirada do quebra-mar para não perder logo de vista os solavancos e saltos do barco. "Longren", chegou até ele um grito surdo, como alguém sentado dentro de casa que ouve algo vindo do telhado, "me ajude!" Então, puxando o ar e suspirando profundamente, para que nenhuma palavra se perdesse no vento, Longren gritou:

– Ela pediu para você do mesmo jeito! Pense nisso enquanto ainda está vivo, Menners, e não se esqueça!

---

[1] Medida russa de comprimento equivalente a dois metros e treze centímetros. (N.R.)

Velas Escarlates: conto feérico

Então, os gritos cessaram, e Longren foi para casa. Assol, ao despertar, viu que o pai estava sentado em frente a uma lamparina quase apagada, profundamente pensativo. Ao ouvir a voz da menina chamando por ele, ele se aproximou dela, deu-lhe um beijo vigoroso e cobriu-a com o cobertor que caiu.

– Durma, querida – disse ele –, falta muito para amanhecer.

– O que você está fazendo?

– Fiz um brinquedo negro, Assol. Durma!

No dia seguinte, entre os moradores de Caperna, só se falava do desaparecido Menners, e, no sexto dia, ele próprio foi trazido de volta, moribundo e raivoso. Seu relato rapidamente correu pelos vilarejos vizinhos. Menners ficou à deriva até a noite; destroçado pelos choques com os bordos e com o fundo do barco durante a terrível luta contra o furor das ondas, que ameaçavam, sem descanso, lançar ao mar o ensandecido taberneiro, ele foi recolhido pelo vapor *Lucretia*, que ia em direção a Casset. O resfriado e a comoção causada pelo terror trouxeram um fim aos dias de Menners. Ele viveu um pouco menos de quarenta e oito horas, invocando contra Longren todas as desgraças possíveis e imagináveis na terra. O relato de Menners de como o marinheiro tinha acompanhado sua perdição, recusando-se a ajudar – ainda mais eloquente pelo fato de que o moribundo respirava com dificuldade e gemia –, assombrou os habitantes de Caperna. Nem é preciso dizer que poucos deles eram capazes de lembrar-se de uma ofensa mais grave que a sofrida por Longren, e de chorar tanto por alguém como ele chorou por Meri até o fim da vida – mas, para eles, era abominável, incompreensível, assombroso que Longren tivesse ficado calado. Calado até suas últimas palavras lançadas em direção a Menners, Longren ficou parado, imóvel, de maneira severa e tranquila, como um juiz, demonstrando profundo desprezo por Menners – havia algo maior que o ódio em seu silêncio, e todos podiam sentir isso. Se ele tivesse gritado, expressando com gestos, com inquietação pelo infortúnio alheio ou de algum outro modo o seu triunfo perante o desespero de Menners, os pescadores poderiam tê-lo compreendido; mas ele agiu de maneira diferente da que eles agiam – agiu de modo imponente, incompreensível, e, com isso, colocou-se acima dos demais; em resumo, fez aquilo que não podia ser perdoado. Ninguém o cumprimentava mais, ninguém lhe estendia a mão, ninguém lançava um olhar de reconhecimento e saudação. De uma vez por todas ele foi posto de lado nos assuntos do vilarejo; os menininhos, quando o avistavam, gritavam em direção a ele: "Longren afogou Menners!". Ele não dava atenção àquilo. Do mesmo modo, ele também parecia não perceber que, na taverna ou na orla, em meio aos barcos, os pescadores ficavam calados em sua presença, afastando-se dele, como se estivesse com a peste. O incidente com Menners consolidou o isolamento parcial de antes. Ao tornar-se pleno, provocou um ódio mútuo e duradouro, cuja sombra recaiu também sobre Assol.

A menina cresceu sem amigas. As vinte ou trinta crianças de sua idade que viviam em Caperna – embebida, como uma esponja cheia d'água, em rudes princípios familiares, cuja base era a autoridade inabalável do pai e da mãe –, propensas a imitar os pais, como todas as crianças do mundo, excluíram, de uma vez por todas, a pequena Assol de sua esfera de proteção e atenção. Aquilo evidentemente se deu de modo gradual e foi adquirindo, por meio das admoestações e reprimendas dos adultos, um terrível caráter de proibição; depois, reforçado pelos mexericos e pelo disse me disse, aquilo cresceu muito, na mente das crianças, com o medo da casa do marinheiro.

Além do mais, o estilo de vida reservado de Longren tornava agora livre a língua histérica da bisbilhotice; falavam que o marinheiro tinha matado alguém em algum lugar, e por causa disso, diziam, ele não era mais aceito para servir nos navios, e que ele mesmo era sombrio e misantropo porque "o atormentava o remorso pelo crime em sua consciência". Ao brincar, as crianças enxotavam Assol quando ela se aproximava, atiravam lama e provocavam, dizendo

VELAS ESCARLATES: CONTO FEÉRICO

que o pai tinha comido carne humana e que agora fabricava dinheiro falso. Uma após a outra, suas ingênuas tentativas de aproximação terminavam em choro amargo, em hematomas, arranhões e outras manifestações da opinião pública; ela finalmente parou de ofender-se, mas ainda perguntava ao pai, de vez em quando:

– Me diga, por que é que eles não nos amam?

– Ah, Assol – dizia Longren –, por acaso eles sabem amar? É preciso saber amar, mas isso eles não sabem.

– Saber como?

– Sabendo!

Ele pegava a menina no colo e beijava com vigor seus olhos tristonhos, semicerrados de ternura e satisfação.

A diversão favorita de Assol – à noite ou num dia de folga, quando o pai, afastando as latas de cola, os utensílios e o trabalho inacabado, tirava o avental e sentava-se para descansar, com o cachimbo nos lábios – era subir no colo dele e, remexendo-se dentro do cuidadoso círculo dos braços paternos, tocar as diferentes partes dos brinquedos, perguntando sua função. Assim começava a peculiar e fantástica lição acerca da vida e das pessoas – uma lição na qual, graças ao antigo modo de vida de Longren, era concedido um lugar privilegiado a casualidades, ao acaso, em geral, e aos acontecimentos singulares, assombrosos e incomuns. Longren, nomeando para a menina os nomes dos aparelhos, das velas, dos objetos de uso marítimo, aos poucos se entusiasmava, passando das explicações a episódios diversos, protagonizados ora pelo cabrestante, ora pela roda do leme, ora pelo mastro ou por algum tipo de barco, e assim por diante, e, daquelas ilustrações isoladas, passava a amplos retratos das aventuras marítimas, entrelaçando superstições com a realidade e a realidade com imagens de sua fantasia. Então surgia não só o gato tigrado – prenúncio de naufrágio –, como também o peixe voador falante – desobedecer a suas ordens significava perder o rumo –, e o *Holandês Voador*, com sua tripulação enfurecida;

agouros, espectros, sereias, piratas – resumindo, todas as fábulas que preenchiam as horas vagas do marinheiro durante uma calmaria ou em sua taverna favorita. Longren também falava de pessoas que naufragaram, que se asselvajaram e desaprenderam de falar, de tesouros misteriosos, de motins de galés e muitas outras coisas, que eram ouvidas pela menina talvez com mais atenção de que o relato de Colombo sobre o novo continente, quando narrado pela primeira vez. "Pois conte mais", pedia Assol quando Longren, pensativo, calava-se, e ela adormecia com a cabeça apoiada em seu peito, cheia de sonhos maravilhosos.

Também lhe causava uma satisfação enorme, e sempre essencial materialmente, o aparecimento do empregado da loja de brinquedos da cidade, que de bom grado comprava o trabalho de Longren. Para lisonjear o pai e conseguir mais desconto, o empregado levava consigo, para a menina, umas duas maçãs, uma torta doce, um punhado de nozes. Longren geralmente pedia o valor justo, por aversão ao regateio, mas o empregado queria abaixar o preço. "Mas o senhor, hein?", dizia Longren. "Trabalhei uma semana nesse bote." O bote tinha um comprimento de um palmo. "Veja só a resistência – e o assentamento, e a qualidade? Um bote desses aguentaria quinze pessoas em qualquer tempo." No fim das contas, a menina se mexendo silenciosamente, ronronando com sua maçã, privava Longren da firmeza e da vontade de discutir; ele cedia, e o empregado, enchendo a cesta com os magníficos e resistentes brinquedos, ia embora, rindo às escondidas.

Longren fazia sozinho todo o trabalho doméstico: rachava lenha, levava água, acendia o fogão, cozinhava, lavava, passava roupa e, além de tudo isso, achava tempo para trabalhar em troca de dinheiro. Quando Assol completou oito anos, o pai ensinou-lhe a ler e escrever. Ele começou a levá-la de quando em quando até a cidade, e, depois, a mandá-la sozinha, se havia necessidade de pegar dinheiro na loja ou de levar uma mercadoria. Isso não acontecia

Velas Escarlates: conto feérico

com frequência, e, embora Lisse ficasse a apenas quatro quilômetros de Caperna, a estrada passava pela floresta, e na floresta muita coisa pode assustar uma criança, além do perigo físico, que, numa distância tão pequena da cidade, até seria difícil de encontrar, mas que, de todo modo, não fazia mal considerar. Por isso, só nos dias bons, de manhã, quando o matagal que rodeava a estrada ficava recoberto por uma torrente de sol, flores e silêncio, de modo que a impressionabilidade de Assol não era ameaçada pelos fantasmas da imaginação, é que Longren deixava que ela fosse até a cidade.

Uma vez, no meio de uma dessas viagens à cidade, a menina sentou-se na beira da estrada, para comer um pedaço de pastel que tinha sido colocado numa cestinha, para o café da manhã. Ao comer, ela ia examinando os brinquedos; entre eles, dois ou três eram novidades para ela: Longren os tinha feito durante a noite. Uma das novidades era um veleiro de corrida em miniatura; o naviozinho branco tinha velas escarlates, feitas com os retalhos de uma seda usada por Longren para forrar cabines de vapores – brinquedos de um freguês rico. Ali, pelo visto, ao fazer o veleiro, ele não encontrou o tecido adequado para as velas e usou o que tinha – retalhos de seda escarlate. Assol ficou encantada. A cor, alegre e ígnea, ardia em suas mãos com tanto brilho que era como se ela estivesse segurando fogo. A estrada era cortada por um riacho, com uma pinguela de galhos estendida por cima dele; à direita e à esquerda, o riacho ia floresta adentro. "Se eu o colocar na água para navegar um pouquinho", refletiu Assol, "ele não vai ficar muito molhado, posso secar depois". Adentrando a floresta para lá da pinguela, ao longo da corrente do riacho, a menina cuidadosamente colocou na água, bem perto da margem, o navio que tanto a fascinava; as velas imediatamente reluziram com um reflexo escarlate na água transparente: a luz, penetrando o tecido, recaía com uma irradiação rosada sobre as pedras brancas do fundo. "De onde você vem, capitão?", perguntou Assol, com ar de importância, para uma figura imaginária e,

19

ALEKSANDR GRIN

respondendo a si mesma, disse: "Eu vim... vim... vim da China". "E o que você trouxe?" "O que eu trouxe não vou contar." "Ah, mas é assim, capitão?! Bom, então vou colocá-lo de volta na cesta." O capitão mal tinha se preparado para, humildemente, responder que era brincadeira e que ele estava disposto a mostrar o elefante, quando, de repente, junto à margem, o refluxo silencioso da corrente virou o nariz do veleiro para o meio do riacho, e, como se fosse de verdade, afastando-se da margem a toda a velocidade, ele navegou em linha reta corrente abaixo. Momentaneamente, transformou-se a escala do que era visível: o riacho pareceu à menina um enorme rio, e o veleiro, um navio grande, distante, em direção ao qual ela, quase caindo na água, assustada e perplexa, esticava os braços. "O capitão se assustou", pensou ela e correu atrás do brinquedo que flutuava para longe, na esperança de que ele fosse lançado à margem em algum ponto. Arrastando, apressada, a cestinha, que não era pesada, mas atrapalhava, Assol repetia: "Ai, Senhor! Mas, se acontecer alguma coisa...". Ela tentava não perder de vista o belo triângulo das velas, que suavemente navegava para longe, então tropeçava, caía e de novo começava a correr.

Assol nunca esteve tão fundo na floresta como agora. Absorta pelo desejo impaciente de apanhar o brinquedo, ela não olhava para os lados; ao longo da margem em que ela ia alvoroçada, havia muitos obstáculos que chamavam a atenção. Troncos musgosos de árvores caídas, buracos, altas samambaias, roseiras silvestres, jasmins e nogueiras atrapalhavam-na a cada passo; ao superá-los, ela ia pouco a pouco perdendo as forças, parando com mais e mais frequência, para tomar fôlego ou arrancar do rosto uma pegajosa teia de aranha. Quando, nos lugares mais amplos, esticavam-se moitas de espargânio ou de cana, Assol quase perdia totalmente de vista o cintilar escarlate das velas, mas, correndo ao redor dos meandros da corrente, ela as via novamente, precipitando-se adiante com gravidade e sem esmorecer. No momento em que ela

VELAS ESCARLATES: CONTO FEÉRICO

olhou ao redor, a vastidão da floresta, com sua mistura de cores, que passavam de colunas fumacentas de luz sobre a folhagem a escuras fendas de densa penumbra, espantou profundamente a menina. Por um instante atemorizada, ela se lembrava novamente do brinquedo e, soltando algumas vezes um profundo "u-u-uf-f", saía correndo com todas as forças.

Naquela malograda e inquieta perseguição, passou-se cerca de uma hora, quando, com surpresa, mas também com alívio, Assol viu que as árvores adiante abriam-se livremente, deixando passar a vertente azul do mar, as nuvens e a borda da amarelada encosta da areia, para a qual ela correu, quase caindo de cansaço. Ali ficava a desembocadura do riacho; seu desaguar era estreito e miúdo, de modo que se podia ver o fluente azul das pedras, e, nas ondas do mar que vinham ao seu encontro, ele desaparecia. Da encosta, pouco elevada, sulcada por raízes, Assol viu que, junto ao riacho, sobre uma pedra grande e plana, de costas para ela, estava sentado um homem, segurando em suas mãos o veleiro que escapou e observando-o por todos os lados, com a curiosidade de um elefante que apanhou uma borboleta. Em parte tranquilizada pelo fato de que o brinquedo estava inteiro, Assol deslizou pela encosta e, chegando perto do desconhecido, fitou-o com um olhar perscrutador, esperando que ele levantasse a cabeça. Mas o estranho estava tão imerso na contemplação daquela surpresa da floresta que a menina teve tempo de examiná-lo da cabeça aos pés, constatando que, até então, ela jamais teve a oportunidade de ver alguém semelhante àquele desconhecido.

Mas, diante dela, estava ninguém menos que Egl, o famoso compilador de canções, lendas, tradições populares e histórias, que viajava a pé. As madeixas grisalhas recaíam em dobras por baixo de seu chapéu de palha; o blusão cinzento, enfiado dentro das calças azuis, e as botas altas conferiam-lhe o aspecto de um caçador; o colarinho branco, a gravata, o cinto, a chapa revestida de prata, a bengala e a bolsa com um cadeado novinho de níquel indicavam um morador da cidade. Seu rosto – se é que se podia chamar de rosto um nariz, lábios e olhos que espiavam através de uma barba raiada e impetuosamente crescida e bastos bigodes ferozmente "enchifrados" para cima – pareceria indolente e diáfano, não fossem os olhos, cinzentos como a areia e brilhantes como aço puro, com um olhar valente e forte.

– Agora me devolva – disse a menina, hesitante. – Você já brincou. Como é que você conseguiu pegar?

Egl ergueu a cabeça e derrubou o veleiro, tão inesperado foi o ressoar da vozinha nervosa de Assol. O velho examinou-a por um instante, sorrindo e passando lentamente pela barba a grande e nodosa manzorra. O vestido de chita, muitas vezes lavado, mal chegava aos joelhos da menina, com suas pernas magrinhas e bronzeadas. Seus espessos cabelos escuros, presos com um lenço de renda, estavam desarrumados, tocando os ombros. Cada traço de Assol era expressivamente leve e puro, como o voo das andorinhas. Seus olhos, com laivos de uma triste indagação, pareciam um pouco mais velhos que o rosto, cujo contorno, assimétrico e impreciso, era arejado por aquele tipo encantador de bronzeado, próprio da alvura saudável da pele. Na pequena boca entreaberta, faiscava um sorriso dócil.

– Juro pelos Grimm, por Esopo e por Andersen – disse Egl, olhando ora para a menina, ora para o veleiro. – Isso é uma coisa especial. Escute aqui, plantinha! Isso aqui é seu?

– Sim, eu corri o riacho inteiro atrás dele; pensei que ia morrer. Ele estava aqui?

– Veio bem perto dos meus pés. O naufrágio é o motivo pelo qual eu, na condição de pirata litorâneo, posso lhe entregar esse butim. O veleiro, abandonado pela tripulação, foi lançado à areia por um vagalhão de meio palmo, entre meu calcanhar esquerdo e a extremidade do bastão. – Ele bateu com a bengala. – Como você se chama, pequerrucha?

VELAS ESCARLATES: CONTO FEÉRICO

– Assol – disse a menina, guardando na cesta o brinquedo entregue por Egl.

– Que bom – o velho continuou sua fala incompreensível, sem tirar dela os olhos, no fundo dos quais reluzia um sorriso, de um estado de espírito amigável. – Eu, em suma, não precisava perguntar o seu nome. Que bom que ele é tão estranho, tão monótono, musical, como o silvo de uma flecha ou o barulho de uma concha do mar: o que é que eu faria se você tivesse um daqueles nomes melodiosos, mas insuportavelmente comuns e que são estranhos à Bela Incerteza? Ademais, eu não desejo saber quem é você, quem são seus pais e como é sua vida. Por que destruir o encanto? Eu estava sentado nesta pedra, fazendo um estudo comparativo de temas finlandeses e japoneses... quando, de repente, o riacho lançou esse veleiro, e depois apareceu você... Do jeito que você é. Eu tenho alma de poeta, querida, embora eu mesmo nunca tenha escrito nada. O que você tem na cestinha?

– Barquinhos – disse Assol, sacudindo a cestinha. – E também um vapor e ainda três daquelas casinhas com bandeiras. Soldados moram ali.

– Perfeito. Mandaram você para vendê-los. No caminho, você se distraiu brincando. Pôs o veleiro para boiar, e ele escapou, não foi?

– Por acaso você viu? – perguntou Assol, em dúvida, tentando lembrar-se se ela mesma tinha contado tudo aquilo. – Alguém contou para você? Ou você adivinhou?

– Eu sabia.

– Mas como?

– Porque eu sou o grande chefe dos feiticeiros.

Assol ficou confusa: com aquelas palavras de Egl, sua tensão ultrapassou o limite do pavor. A praia deserta, o silêncio, a penosa aventura com o veleiro, a fala incompreensível do velho de olhos cintilantes e a majestade de sua barba e cabelos começaram a parecer, para a menina, a mistura de algo sobrenatural com a realidade. Fizesse Egl então uma careta ou gritasse alguma coisa, a menina teria fugido correndo, chorando e morrendo de medo. Mas Egl, percebendo quão esbugalhados estavam os olhos dela, deu um súbito rodopio.

– Você não precisa ter medo de mim – disse ele, em tom sério. – Ao contrário, quero falar com você de coração. – Só então ficou claro que, no rosto da menina, ele deixara de maneira bem fixa a sua impressão. "A espera involuntária pelo belo, pelo ditoso destino", decidiu ele. "Ah, por que é que eu não nasci escritor? Que tema glorioso." – Pois bem – prosseguiu Egl, tentando arrematar a posição original (a tendência a criar mitos, consequência de seu trabalho costumeiro, era mais forte que o receio de lançar em solo desconhecido as sementes de um grande sonho) –, pois bem, Assol, escute-me atentamente. Eu estive no vilarejo de onde você deve ter vindo; resumindo, em Caperna. Eu adoro contos e canções e passei um dia inteiro naquele vilarejo, tentando ouvir algo que ninguém tinha ouvido. Mas, na terra de vocês, eles não contam contos. Não cantam canções. E, se contam e cantam, são histórias de astutos camponeses e soldados, sabe, com um eterno louvor à trapaça, são quadrinhas curtinhas, sujas como pés não lavados, ásperas como um ronco na barriga, com uma melodia horrível... Espere, eu me perdi. Vou começar de novo.

Depois de pensar um pouco, ele continuou assim:

– Não sei quantos anos hão de se passar, mas em Caperna florescerá um conto, que por muito tempo será relembrado. Você será grande, Assol. Um dia, de manhã, na vastidão do mar, debaixo do sol, resplandecerá uma vela escarlate. A imensidão radiante das velas escarlates de um navio branco avançará, cortando as ondas, bem na sua direção. Esse navio maravilhoso navegará silencioso, sem clamores ou disparos; na costa, muita gente estará reunida, admirada e estupefata; e você também estará lá. O navio chegará bem perto da costa, majestoso, sob os sons de uma bela música; dele virá navegando um barquinho veloz, elegante, coberto de tapetes, de ouro e de flores. "Por que vieram aqui? Por quem estão procurando?", perguntarão as pessoas na orla. Então, você verá um belo e corajoso príncipe; ele se levantará e estenderá a mão a você. "Olá, Assol!", dirá ele. "Muito, muito longe daqui, eu sonhei com você e vim levá-la para meu reino, para sempre. Lá, você viverá comigo num profundo vale de rosas. Você terá tudo que desejar; você e eu passaremos a viver com tanta harmonia e felicidade que sua alma nunca conhecerá lágrimas ou tristeza." Ele colocará você no barco, levará até o navio, e você partirá para sempre em direção ao esplêndido país onde nasce o sol e onde as estrelas descem do céu para lhe dar as boas-vindas.

– Isso tudo para mim? – perguntou a menina em voz baixa. Seus olhos sérios, animando-se, irradiaram confiança. Era lógico que um perigoso feiticeiro não falaria daquela maneira; ela se aproximou.
– Talvez ele já tenha chegado... esse navio.

– Não tão depressa – replicou Egl. – Como eu disse, primeiro você vai crescer. Depois... O que posso dizer? Acontecerá, e acabou. O que você faria então?

– Eu? – Ela olhou para a cesta, mas aparentemente não encontrou ali nada que fosse digno de servir como uma recompensa convincente. – Eu o amaria – ela disse apressada, e acrescentou, sem muita firmeza: – se ele não brigar comigo.

– Não, não vai brigar – disse o feiticeiro, dando uma piscadela enigmática –, não vai, isso eu garanto. Pode ir, menina, e não se esqueça do que eu lhe disse entre dois goles de aguardente aromática e reflexões sobre as canções dos galés. Pode ir. E que haja paz em sua cabeça fofa!

Longren trabalhava em sua pequena horta, escavando umas plantas de batata. Ao erguer a cabeça, viu Assol correndo em sua direção a toda velocidade, com um rosto alegre e impaciente.

– Pois então... – disse ela, esforçando-se para conter a respiração, e agarrou o avental do pai com ambas as mãos. – Escute o que eu vou lhe contar... Lá longe, na margem, tem um feiticeiro...

Ela começou pelo feiticeiro e sua interessante profecia. A agitação dos pensamentos impedia que ela relatasse o ocorrido de maneira fluida. Depois, veio a descrição da aparência do feiticeiro e – na ordem inversa – a perseguição pelo veleiro solto por ela.

Longren ouviu a menina, sem interromper, sem um sorriso, e, quando ela terminou, a imaginação rapidamente desenhou-lhe o velho desconhecido com a aguardente aromática em uma e o brinquedo na outra. Ele se virou, mas, lembrando que, nas situações grandiosas da vida das crianças, convém que a pessoa fique séria e surpresa, meneou a cabeça solenemente, dizendo:

– Pois é, pois é; a julgar por todos os indícios, não pode ser outra coisa que não um feiticeiro. Gostaria de dar uma olhada nele... Mas você, quando for de novo, não saia do caminho; não é difícil perder-se na floresta.

Depois de largar a pá, ele se sentou junto à baixa cerca de ramos e colocou a menina em seu colo. Terrivelmente cansada, ela ainda tentava acrescentar alguns detalhes, mas o calor, a inquietação e a fraqueza a deixaram com sono. Seus olhos foram se fechando, a cabeça desceu até o duro ombro do pai – mais um instante, e ela teria sido levada para o país dos sonhos, mas, de repente, perturbada por uma dúvida repentina, Assol endireitou-se, com os olhos fechados, e, apoiando-se com os punhozinhos no colete de Longren, disse em voz alta:

– O que você acha, o navio do feiticeiro vem me buscar ou não vem?

– Vem – respondeu tranquilamente o marinheiro. – Se falaram isso para você, então é verdade.

"Quando ela crescer, vai se esquecer", pensou ele, "mas, por enquanto... não vale a pena tirar de você esse brinquedo. Você ainda vai ter que ver muitas velas no futuro, e não escarlates, mas sujas,

VELAS ESCARLATES: CONTO FEÉRICO

de rapina: de longe, elegantes e brancas, de perto, rasgadas e deslavadas. Um viajante fez uma brincadeira com a minha filha. E o que tem?! Uma brincadeira bondosa! Não tem problema a brincadeira! Veja só como você ficou extenuada – metade do dia na floresta, no matagal. E, quanto às velas escarlates, pense como eu: você terá as velas escarlates".

Assol dormiu. Longren, alcançando o cachimbo com a mão livre, pôs-se a fumar, e o vento carregou a fumaça, através da sebe, até o arbusto que crescia do lado de fora da horta. Junto ao arbusto, de costas para a cerca, mastigando uma torta, estava sentado um jovem mendigo. A conversa do pai com a filha deixou-o de bom humor, e o cheiro de tabaco bom incentivou-o a tirar algum proveito.

– Patrão, dê um pouco de fumo a um pobre – disse ele por entre os galhos. – O meu tabaco, comparado ao seu, nem tabaco é, dá para dizer que é um veneno.

– Eu daria – respondeu Longren a meia-voz –, mas meu tabaco está no outro bolso. É que eu não quero acordar minha filhinha, entende?

– Que pena! Ela acorda, depois dorme de novo, mas pelo menos o transeunte pegou e fumou.

– Bom – replicou Longren –, de qualquer maneira você não está sem tabaco, e a criança está cansada. Se quiser, volte mais tarde.

O mendigo deu uma cusparada desdenhosa, atou o saco a seu bastão e disse, maldosamente:

– Está na cara que é uma princesa. Você enfiou na cabeça dela esses navios dos mares! Seu maluco amalucado, e ainda por cima é patrão!

– Escute aqui – sussurrou Longren –, eu posso até acordá-la, mas só se for para sentar um tabefe nesse seu pescoção. Fora daqui!

Meia hora depois, o mendigo estava sentado à mesa na taverna com uma dúzia de pescadores. Atrás deles, ora puxando os maridos pela manga, ora tirando, por cima do ombro deles, um copo

ALEKSANDR GRIN

de aguardente – para si mesmas, obviamente –, estavam sentadas umas mulheres grandalhonas, com espessas sobrancelhas e mãos grossas como pedregulhos. O mendigo, encolerizado com a ofensa, narrava:

– E não me deu o tabaco. "Você vai virar maior de idade", ele falou, "e aí", ele falou, "vai chegar um navio especial, vermelho... Para buscar você. Então, o seu destino é se casar com um príncipe. E pode acreditar no feiticeiro", ele falou. Aí eu falei: "Acorde, acorde", eu falei, "arranje um pouco de tabaco". Aí ele correu atrás de mim metade do caminho.

– Quem? O quê? Do que estão conversando? – ouviram-se as vozes curiosas das mulheres. Os pescadores, mal virando a cabeça, explicaram, com um risinho:

– Longren e a filha estão parecendo selvagens, talvez tenham perdido o juízo; é o que esse homem está contando. Foram visitados por um bruxo, pelo que deu para entender. Estão esperando, essa vocês não perdem por esperar, mulherada!, um príncipe dos mares, e ainda por cima com velas vermelhas!

Três dias depois, voltando da loja da cidade, Assol ouviu pela primeira vez:

– Ei, patife! Assol! Olhe aqui! Um navio com velas vermelhas!

A menina, estremecendo, involuntariamente olhou de fininho para a vertente do mar. Depois, virou-se na direção das exclamações; lá, a vinte passos dela, estava um grupinho de crianças; elas faziam caretas, mostrando a língua. Suspirando, a menina correu para casa.

GREY

Se César achasse melhor ser o primeiro num vilarejo que o segundo em Roma, então Arthur Grey poderia não invejar César em relação a seu sábio desejo. Ele nasceu um capitão, desejou ser um, e tornou-se um.

A enorme casa na qual Grey nasceu era sombria por dentro e majestosa por fora. Adjacentes à fachada frontal, ficavam um jardim e o pedaço de um parque. As melhores variedades de tulipas – azuis-prateadas, violetas, pretas com uma sombra rosada – ondulavam pelo gramado em linhas de colares caprichosamente espalhados. As velhas árvores do parque dormitavam na difusa meia-luz, por sobre o espargânio de um sinuoso riacho. A murada do castelo, pois, era um verdadeiro castelo: consistia em colunas torcidas, de ferro fundido, unidas por uma ramagem de ferro. Cada coluna terminava, na parte de cima, com um suntuoso lírio de ferro fundido; essas taças, nos dias festivos, eram preenchidas com óleo, ardendo em meio às trevas da noite numa vasta linha de fogo.

O pai e a mãe de Grey eram desdenhosos cativos de sua posição, da riqueza e das leis daquela sociedade em relação à qual eles podiam dizer "nós". Parte de sua alma, ocupada pelas galerias dos ancestrais, é pouco digna de representação, enquanto a outra parte – a continuação imaginária da galeria – começava pelo pequeno Grey, condenado, graças a um plano conhecido e previamente organizado, a viver a vida e morrer de maneira a ter seu retrato pendurado na parede sem prejuízo à honra familiar. Nesse plano, haviam cometido um pequeno erro: Arthur Grey nasceu com uma alma viva, que de forma alguma era propensa a seguir a linha traçada por sua família.

Essa vivacidade, essa verdadeira perversão do menino começou a manifestar-se no oitavo ano de sua vida; o tipo do cavaleiro das impressões extravagantes, do aventureiro e do taumaturgo, ou seja, da pessoa que, em meio à inumerável diversidade de papéis da vida, escolhe o mais perigoso e emocionante; o papel da providência, delineava-se em Grey já no momento em que, apoiando uma cadeia na parede, para alcançar o quadro que retratava a crucificação, ele arrancou os pregos das mãos ensanguentadas de Cristo, ou seja, simplesmente cobriu-os com tinta azul, roubada de um pintor. Daquele jeito, ele achava que o quadro ficava mais tolerável. Entusiasmado pelo peculiar passatempo, ele já começou a cobrir também os pés do crucificado, mas foi pego pelo pai. O velho tirou o menino da cadeira pelas orelhas e perguntou:

– Por que você estragou o quadro?

– Eu não estraguei.

– É uma obra de um artista famoso.

– Para mim tanto faz – disse Grey. – Não posso admitir que, na minha presença, tenha gente com pregos saindo das mãos e sangue escorrendo. Não quero isso.

Em resposta ao filho, Lionel Grey, ocultando o sorriso por trás dos bigodes, reconheceu a si mesmo e não aplicou uma punição.

Grey estudava incansavelmente o castelo, fazendo descobertas assombrosas. Assim, no sótão, ele encontrou uns cacarecos de

VELAS ESCARLATES: CONTO FEÉRICO

cavaleiro, de aço, livros encadernados com ferro e couro, roupas apodrecidas e um enxame de pombas. Na adega, onde o vinho ficava guardado, ele recebeu interessantes informações referentes ao Lafite, ao vinho madeira, ao xerez. Ali, na luz turva das janelas pontiagudas, esmagadas pelos oblíquos triângulos das abóbadas de pedra, ficavam barris pequenos e grandes; o maior deles, na forma de um círculo plano, ocupava toda a parede transversal da adega, o escuro carvalho centenário luzindo, como que esmerilhado. Em meio aos barriletes, em cestinhas de vime, havia garrafões abaulados, de vidro verde e azul. Nas pedras e no chão de terra, cresciam cogumelos cinzentos, com hastes finas: por toda parte, bolor, musgo, umidade, um cheiro azedo e sufocante. Uma enorme teia de aranha emitia um brilho dourado num canto distante, quando, no fim da tarde, o sol espreitava-a com seu último raio. Em determinado lugar, ficavam enterrados dois barris do melhor alicante que existia no tempo de Cromwell, e o adegueiro, mostrando a Grey um canto vazio, não perdia a oportunidade de repetir a história do famoso túmulo em que jazia um morto mais vivo que uma matilha de *fox terriers*. Ao iniciar o relato, o narrador não se esquecia de verificar se estava funcionando a torneira do barril grande e afastava-se dela, aparentemente com o coração aliviado, de maneira que lágrimas involuntárias de uma alegria grande em demasia brilhavam em seus olhos animados.

– Bom, é o seguinte – dizia Poldichok a Grey, sentando-se numa caixa vazia e enchendo de tabaco o nariz pontudo –, está vendo aquele lugar? Ali fica um vinho pelo qual qualquer bêbado daria seu consentimento em cortar a própria língua se lhe fosse permitido pegar um pequeno copinho. Cada barril tem cem litros de uma substância que faz explodir a alma e que transforma o corpo numa massa imóvel. Sua cor é mais escura que a da cereja, e ela não escorre da garrafa. Ela é espessa como um bom creme. Fica encerrada dentro de barris de ébano, resistentes como ferro. Eles têm aros duplos de cobre vermelho. Nos aros, há uma inscrição latina: "Grey há de me beber quando estiver no paraíso". Essa inscrição foi interpretada de modo tão amplo e contraditório que seu bisavô, o fidalgo Simeon Grey, construiu uma casa de campo, batizou-a de "Paraíso" e pensou que, dessa maneira, faria coincidir a misteriosa sentença com a realidade por meio de um inocente gracejo. Mas o que você acha? Ele morreu assim que começaram a retirar os aros, de ataque do coração, tão agitado ficou o cobiçoso velhote. Desde então, ninguém toca naquele barril. Surgiu a crença de que o precioso vinho traz a desgraça. De fato, tal enigma não foi proposto pela esfinge egípcia. É verdade que ela perguntou a um sábio: "Devo devorá-lo, como devoro todos os outros? Diga a verdade e ficará vivo", mas mesmo assim, depois de madura reflexão…

– Parece que está pingando da torneira outra vez – Poldichok interrompia a si mesmo, precipitando-se, com passos tortuosos, em direção ao canto, de onde, depois de apertar a torneira, ele voltava com o rosto franco e radiante. – Sim. Depois de raciocinar bem, e, sobretudo, sem se apressar, o sábio poderia dizer à esfinge: "Vamos beber, minha amiga, e você vai se esquecer dessas bobagens". "Grey há de me beber quando estiver no paraíso!" Como entender isso? Há de beber quando morrer, será? É estranho. Por conseguinte, ele é um santo, por conseguinte, não bebe nem vinho, nem uma simples aguardente. Suponhamos que o "paraíso" signifique a felicidade. Mas, posta assim a questão, qualquer felicidade perderá metade de suas reluzentes peninhas quando o felizardo perguntar a si mesmo, com sinceridade: será mesmo o paraíso? Aí é que está a coisa. Para embebedar-se, com o coração leve, com o que há nesse barril e rir, meu menino, rir muito, é preciso ficar com um pé na terra e o outro no céu. Há ainda uma terceira hipótese: que, um dia, um Grey beberá até alcançar um estado beatífico e paradisíaco e,

Velas Escarlates: conto feérico

com insolência, esvaziará o barrilete. Mas isso, menino, não seria o cumprimento da profecia, e sim um escândalo tabernal.

Depois de verificar mais uma vez o bom estado da torneira do barril grande, Poldichok concluía, em tom concentrado e sombrio:

– Esses barris foram trazidos, em 1793, por seu antepassado John Grey, de Lisboa, no navio *Beagle*; pelo vinho, foram pagas duas mil piastras de ouro. A inscrição nos barris foi feita pelo armeiro Benjamin Elian de Pondicherry. Os barris foram enterrados no solo, a seis pés de profundidade, e cobertos com as cinzas dos caules das videiras. Ninguém bebeu desse vinho nem experimentou, e nem vai experimentar.

– Eu vou beber dele – disse uma vez Grey, batendo o pé.

– Aí está um jovem valente! – notou Poldichok. – Você vai beber dele no paraíso?

– É claro. Aqui está o paraíso!... Está aqui comigo, está vendo? – Grey começou a rir baixinho, abrindo a mãozinha. Sua palma, delicada, mas de contornos duros, iluminou-se com o sol, e o menino cerrou os dedos em seu punho. – Aqui está ele!... Ora aparece, ora some de novo...

Ao dizer isso, ele ora abria, ora apertava a mão e, finalmente, satisfeito com sua brincadeira, saía correndo, ultrapassando Poldichok, pela escada escura, em direção ao andar de baixo.

O ambiente da cozinha era terminantemente proibido a Grey, mas, uma vez descoberto aquele maravilhoso mundo que ardia com os fogos das fornalhas – o mundo do vapor, da fuligem, do chiado, do borbulhar dos líquidos ferventes, do ruído das facas e dos cheiros deliciosos –, o menino passou a visitar com assiduidade o enorme ambiente. Em rigoroso silêncio, como sacerdotes, moviam-se os cozinheiros; seus barretes brancos, contra o fundo das paredes enegrecidas, conferiam ao trabalho um caráter de serviço solene; as lavadoras de louça, alegres e gordas, lavavam a louça em barris com água, tilintando a porcelana e a prata; meninos curvados com o peso traziam cestos cheios de peixe, ostras, lagostins e frutas. Lá, em cima de uma mesa comprida, ficavam faisões irisados, patos cinzentos, galinhas coloridas; ali, um porco assado, com uma cauda curtinha e os olhos ingenuamente fechados; acolá, nabos, repolho, nozes, passas azuladas, pêssegos bronzeados.

Na cozinha, Grey ficava um pouco intimidado: parecia-lhe que tudo ali era movido por forças sombrias, cujo poder era a principal mola da vida do castelo; os gritos soavam como comandos e encantamentos; os movimentos dos trabalhadores, graças à longa experiência, tinham adquirido aquela precisão nítida e contida que se assemelha à inspiração. Grey ainda não era tão alto a ponto de espiar a panela maior, que borbulhava como o Vesúvio, mas tinha por ela um respeito especial; com tremor, ele observava como duas criadas mexiam o que havia nela; sobre o fogão, derramava-se então uma espuma fumacenta, e o vapor, erguendo-se do fogão rumorejante, preenchia em ondas a cozinha. Uma vez, tanto líquido foi derramado, que a mão de uma das moças foi escaldada. A pele instantaneamente enrubesceu, até as unhas ficaram vermelhas com o afluxo de sangue, e Betsy (esse era o nome da criada), chorando, começou a esfregar manteiga nos locais afetados. As lágrimas rolavam incontroláveis por seu rosto redondo e assustado.

Grey ficou imóvel. Enquanto as outras mulheres cuidavam de Betsy, ele experimentou a sensação do agudo sofrimento alheio, pelo qual ele não podia passar.

– Está doendo muito? – ele perguntou.

– Tente você mesmo, aí vai saber – respondeu Betsy, cobrindo a mão com o avental.

De cenho carregado, o menino trepou no banco, pegou o líquido quente com uma colher comprida (era uma sopa de carne de carneiro, diga-se de passagem) e derramou no dorso da mão. Revelou-se

Velas Escarlates: conto feérico

que a sensação não era fraca, mas a fraqueza provocada pela forte dor fez com que ele cambaleasse. Pálido como farinha, Grey aproximou-se de Betsy, enfiando a mão queimada dentro do bolso das calças.

– Acho que você está com muita dor – disse ele, omitindo seu experimento. – Vamos ao médico, Betsy. Vamos agora mesmo!

Ele a puxou zelosamente pela saia, enquanto os partidários das curas domésticas davam à criada cada um a sua receita salvadora. Mas a moça, sofrendo muito, foi com Grey. O médico aliviou a dor aplicando um curativo. Só depois que Betsy saiu é que o menino mostrou a sua mão.

Esse episódio de pouca importância transformou Betsy, de vinte anos, e Grey, de dez anos, em verdadeiros amigos. Ela enchia os bolsos dele com pasteizinhos e maçãs, e ele contava a ela contos e outras histórias lidas em seus livros. Certa vez, ele ficou sabendo que Betsy não podia se casar com Jim, o moço da estrebaria, pois eles não tinham dinheiro para constituir propriedade. Grey quebrou seu cofrinho de porcelana com o atiçador da lareira e sacou tudo que havia ali, o que totalizava cerca de cem libras. Ele se levantou cedo, quando a jovem sem dote saía para a cozinha, penetrou no quarto dela e, metendo o presente no baú da moça, cobriu-o com um bilhete curto: "Betsy, isso é seu. O chefe da quadrilha dos salteadores, Robin Hood". O alvoroço provocado na cozinha por essa história ganhou tamanha proporção que Grey precisou confessar a fraude. Ele não pegou o dinheiro de volta e não quis mais falar naquilo.

Sua mãe tinha uma daquelas índoles que a vida molda numa forma já pronta. Ela vivia numa modorra de abastança, que previa qualquer desejo da alma medíocre, e por isso não lhe restava nada a fazer além de aconselhar-se com as costureiras, com o médico e com o mordomo. Mas a afeição apaixonada, quase religiosa, por seu estranho filho era, pelo que se podia supor, a única válvula para aquelas suas vocações cloroformizadas pela educação e pelo destino, e que já não viviam, mas vagavam incertas, deixando inerte a vontade. A nobre dama lembrava uma pavoa chocando um ovo de cisne. Ela sentia dolorosamente o magnífico isolamento do filho; ela ficava plena de tristeza, amor e embaraço quando abraçava o menino junto ao peito, onde o coração falava algo diferente da língua, que reflete, habitualmente, as formas convencionais de relações e pensamentos. É assim que um efeito nebuloso, caprichosamente formado pelos raios solares, infiltra-se no simétrico ambiente de um edifício público, privando-o de suas qualidades banais; o olho vê e não reconhece o local: misteriosos matizes de luz em meio à mediocridade criam uma harmonia ofuscante.

A nobre dama, cujo rosto e cuja figura, aparentemente, só poderiam responder com um silêncio glacial às ardentes vozes da vida, cuja beleza delicada mais repelia que atraía, já que nela se sentia um arrogante esforço de vontade, privado da atração feminina, aquela Lilian Grey, ao ficar sozinha com o menino, tornava-se uma simples mãe, que falava, com um tom amoroso e dócil, aquelas mesmas futilidades afetuosas que não podem ser transmitidas no papel – sua força está no sentimento, não nelas mesmas. Ela não conseguia negar absolutamente nada ao filho. Perdoava-lhe tudo: a permanência na cozinha, a aversão pelas lições, a desobediência e os inúmeros caprichos.

Se ele não quisesse que podassem as árvores, as árvores ficavam intocadas; se ele pedisse para que alguém fosse perdoado ou recompensado, a pessoa interessada já sabia que aquilo aconteceria; ele podia andar em qualquer cavalo, levar qualquer cachorro para dentro do castelo; podia revirar a biblioteca, correr descalço e comer o que lhe viesse à cabeça.

Durante um tempo, seu pai lutou contra aquilo, mas cedeu – não ao príncipe, e sim ao desejo da esposa. Ele se limitou a retirar do castelo todos os filhos dos criados, receando que, graças às companhias mais baixas, os caprichos do menino se tornassem tendências que dificilmente poderiam ser extirpadas. No geral, ele estava inteiramente absorto por inúmeros processos de família, cujo início perdia-se na época do surgimento das fábricas de papel, e cujo fim estava na morte de todos os mexeriqueiros. Além disso, os negócios de Estado, os negócios das propriedades, o ditado das memórias, as caçadas de gala, a leitura dos jornais e a complexa correspondência mantinham-no em certo afastamento interno em relação à família; era tão raro ver o filho, que às vezes esquecia quantos anos ele tinha.

Assim, Grey vivia em seu próprio mundo. Ele brincava sozinho, geralmente nos pátios dos fundos do castelo, que, antigamente, tiveram uma importância militar. Esses amplos terrenos baldios, com vestígios de fossos profundos, com armazéns de pedra cobertos de musgo, eram repletos de ervas daninhas, urtigas, bardanas, abrunheiros e flores silvestres modestamente coloridas. Grey ficava horas ali, examinando buracos de toupeiras, combatendo as ervas daninhas, espreitando borboletas e construindo, com restos de tijolos, fortalezas que ele mesmo bombardeava com paus e pedras.

Ele ainda tinha onze anos quando todos os indícios de sua alma, todos os traços isolados de seu espírito e as nuances de impulsos ocultos uniram-se em um único e forte elemento e, adquirindo assim uma expressão harmoniosa, tornaram-se desejos indomáveis. Antes disso, era como se ele encontrasse partes separadas de seu jardim – uma faixa de luz, uma sombra, uma flor, um tronco espesso e exuberante – em muitos outros jardins, e, de repente, viu todas claramente, todas, numa conformidade magnífica e espantosa.

Isso aconteceu na biblioteca. Sua porta alta, com um vidro opaco na parte de cima, ficava habitualmente trancada, mas a lingueta da fechadura estava mal fixada no assento do batente; no momento de apertar com a mão, a porta se soltava e, com alguma força, se abria. Quando o espírito explorador impeliu Grey a penetrar na biblioteca, o que o surpreendeu foi a luz poeirenta, cuja força inteira e cuja peculiaridade consistiam na ramagem colorida da parte de cima dos vidros das janelas. Havia ali um silêncio abandonado, como a água de um açude. As fileiras sombrias das estantes de livros confinavam, em alguns pontos, com as janelas, encobrindo-as pela metade; entre as estantes, havia passagens, abarrotadas com montões de livros. Aqui, um álbum aberto, com as folhas escapando de dentro para fora; ali, pergaminhos amarrados com cordões de ouro; pilhas de livros de aspecto lúgubre; grossas camadas de manuscritos, um aterro de volumes em miniatura, que estalavam como uma crosta se fossem abertos; acolá, desenhos e tabelas, fileiras de publicações novas, mapas; a diversidade das capas, grosseiras, delicadas, pretas, coloridas, azuis, cinzentas, grossas, finas, ásperas e lisas. As estantes estavam totalmente repletas de livros. Elas se pareciam com paredes, que encerravam a vida em sua própria espessura. Nos reflexos dos vidros das estantes, viam-se as outras estantes, cobertas por manchas de um brilho pálido. Um enorme globo, encerrado na cruz esférica do equador e do meridiano, ficava sobre uma mesa redonda.

Virando-se em direção à saída, Grey viu, em cima da porta, um enorme quadro, que logo preencheu, com seu conteúdo, o torpor sufocante da biblioteca. O quadro retratava um navio, elevando-se na crista de um vagalhão do mar. Esguichos de espuma escorriam por sua encosta. Ele estava retratado no último momento de seu voo. O navio avançava diretamente na direção do observador. O gurupés, erguido bem alto, encobria a base dos mastros. A crista do vagalhão, sulcada pela quilha do navio, lembrava as asas de um pássaro gigante. A espuma voava pelo ar. As velas, nebulosamente visíveis por detrás do bombordo e por cima do gurupés, cheias com a força desenfreada da tormenta, tombavam para trás com toda a sua imensidão, para aprumar-se depois de atravessar o vagalhão e, depois, inclinando-se sobre o abismo, arrastar a embarcação para

VELAS ESCARLATES: CONTO FEÉRICO

novas avalanches. As nuvens rasgadas tremeluziam baixas sobre o oceano. A tênue luz travava sua luta desesperançada contra a escuridão da noite que se aproximava. Mas a coisa mais admirável desse quadro era a figura de um homem, de pé no castelo de proa, de costas para o observador. Ela expressava toda a situação, até mesmo o caráter do momento. A pose do homem (ele estava de pernas abertas, agitando os braços) não dizia nada em particular a respeito do que ele estava fazendo, mas levava a presumir uma concentração extrema, direcionada a algo no convés, que não era visível ao observador. As abas dobradas de seu cafetã tremulavam ao vento; uma trança branca e uma espada negra assomavam no ar, esticadas; a suntuosidade do traje indicava nele um capitão, a posição dançante do corpo, o movimento do vagalhão; sem chapéu, ele visivelmente foi ocupado pelo momento de perigo e gritava – mas o quê? Teria ele visto alguém cair ao mar? Estaria dando ordem para virar de bordo? Ou, abafando o vento, ele chamava o mestre? Não foram os pensamentos, mas a sombra desses pensamentos que cresceu na alma de Grey enquanto ele observava o quadro. De repente, pareceu-lhe que, do lado esquerdo, um desconhecido invisível tinha chegado perto, parando ao seu lado; bastava virar a cabeça, a extravagante sensação desapareceria sem deixar rastro. Grey sabia disso. Mas ele não extinguiu sua imaginação, e sim se pôs a ouvir. A voz surda gritou algumas frases entrecortadas, incompreensíveis, como se fosse malaio; ouviu-se um longo som, como de um desmoronamento; um eco e um vento sombrio preencheram a biblioteca. Grey ouviu tudo isso dentro de si. Ele olhou ao redor: instantaneamente, o silêncio que se ergueu dissipou a teia sonora da fantasia; a ligação com a tempestade desapareceu.

Grey foi observar aquele quadro várias vezes. Aquilo se tornou, para ele, a palavra necessária na conversa entre a alma e a vida, sem a qual é difícil compreender a si mesmo. No pequeno menino, o enorme mar foi pouco a pouco se instalando. Ele se familiarizou com ele, revirando a biblioteca, procurando e lendo com avidez os livros atrás de cujas portas douradas revelava-se o brilho azulado do oceano. Lá, semeando espuma por detrás da popa, avançavam os navios. Parte deles perdia as velas, os mastros, e, engasgando com uma onda, desciam em direção às trevas das voragens, onde cintilam os olhos fosfóricos dos peixes. Outros, apanhados pela ressaca, chocavam-se contra os recifes; o tranquilizante marulho sacudia ameaçadoramente o casco; o despovoado navio de cordames rasgados sofria uma longa agonia, até que uma nova tormenta o reduzia a estilhaços. Outros ainda eram prosperamente carregados em um porto e descarregados em outro; a tripulação, sentada junto à mesa de uma taverna, celebrava a navegação e, com amor, bebia aguardente. Havia ali também uns navios de piratas, com bandeiras negras e terríveis tripulantes que brandiam facas; navios espectrais, que emitiam uma luz lívida de brilho azulado; navios de guerra com soldados, canhões e música; navios de expedições científicas, que examinavam vulcões, plantas e animais; navios com segredos sombrios e motins; navios de descobertas e navios de aventuras.

Naquele mundo, naturalmente, a figura do capitão erguia-se sobre as demais. Ele era o destino, a alma e a mente do navio. Seu caráter definia o lazer e o trabalho dos tripulantes. A própria tripulação era formada por ele pessoalmente e em grande parte correspondia às suas inclinações. Ele conhecia os costumes e as questões de família de cada um deles. Possuía, aos olhos dos subordinados, um conhecimento mágico, graças ao qual ia com confiança, digamos, de Lisboa a Xangai, por espaços infinitos. Ele rechaçava a tempestade com a resistência de um sistema de complexos esforços, aniquilando o pânico com ordens curtas; navegava e parava onde queria; ordenava a partida e a carga, o arranjo e o descanso; era difícil imaginar

VELAS ESCARLATES: CONTO FEÉRICO

poder maior e mais razoável naquele ofício vivo, cheio de movimento ininterrupto. Esse poder, em limitação e plenitude, era equiparável ao poder de Orfeu.

Essa representação do capitão, essa imagem e essa realidade verdadeira de sua posição ocuparam, por direito dos acontecimentos espirituais, o lugar principal na brilhante consciência de Grey. Nenhuma profissão além daquela poderia fundir e reunir, com tanto êxito, todos os tesouros da vida, mantendo inviolável o delicadíssimo traçado de cada alegria isolada. O perigo, o risco, o poder da natureza, a luz de um país distante, o maravilhoso desconhecido, o amor efêmero, que floresce com o encontro e a despedida; a fascinante efervescência de reencontros, rostos, acontecimentos; a desmesurada diversidade da vida, enquanto, bem alto lá no céu, vão ora o Cruzeiro do Sul, ora a Ursa, e nos olhos penetrantes estão todos os continentes, embora a cabine esteja repleta da pátria, não abandonada, com seus livros, quadros, cartas e flores secas enlaçadas, em sedoso cacho, no amuleto de camurça sobre o duro peito.

No outono, aos catorze anos, Arthur Grey, em segredo, abandonou sua casa e penetrou nos portões dourados do mar. Logo, do porto de Dubelt, partiu, em direção a Marselha, a escuna *Anselm*, levando um grumete de mãos pequenas e a aparência de uma menina disfarçada. Esse grumete era Grey, possuidor de uma elegante maleta de viagem, botinhas de verniz delicadas como uma luva e roupas de baixo de cambraia com coroas bordadas.

Ao longo do ano, enquanto o *Anselm* visitava a França, a América e a Espanha, Grey dissipou parte dos seus bens em doces, rendendo assim tributo ao passado, e o restante – para o presente e o futuro – ele perdeu nas cartas. Ele queria ser um marinheiro "infernal". Bebia aguardente, ofegando, e, na hora do banho, com o coração apertado, pulava na água, de cabeça para baixo, de uma altura de duas braças. Pouco a pouco, ele perdeu tudo, exceto pelo

ALEKSANDR GRIN

mais importante – sua alma, estranha e voadora; ele perdeu a fraqueza, ficando largo de ossos e forte de músculos, trocou a palidez por um escuro bronzeado, ofereceu o refinado descuido com os movimentos pela precisão convicta dos braços trabalhadores, e, em seus olhos, refletiu-se o brilho de quem olha para o fogo. Também sua fala, perdendo a fluidez irregular e soberbamente acanhada, tornou-se curta e precisa como a estocada da gaivota na corrente, em busca da prata tremeluzente dos peixes.

O capitão do *Anselm* era um homem bondoso, mas um marinheiro severo, que levara o menino por certa alegria maldosa. No desejo desesperado de Grey, ele via apenas um capricho excêntrico e já celebrava de antemão, imaginando que, depois de uns dois meses, Grey lhe diria, evitando olhar em seus olhos: "Capitão Hop, eu esfolei os cotovelos me arrastando pelo cordame; tenho dor nos flancos e nas costas, não consigo dobrar os dedos, sinto estalos na cabeça, as pernas tremem ao ficar segurando com as mãos todos esses cabos molhados, que pesam duas arrobas; todas essas vergas, enxárcias, cabrestantes, cabos, mastaréus e brandais foram criados para atormentar o meu delicado corpo. Quero a minha mãe". Depois de ouvir mentalmente aquela declaração, o capitão Hop, também mentalmente, fez o seguinte discurso: "Pode partir para onde quiser, meu frangote. Se o breu grudou as suas asinhas sensíveis, você pode lavá-las em casa com a água-de-colônia Rosa Mimosa". Essa água-de-colônia inventada por Hop era o que mais divertia o capitão, e, concluindo seu sermão imaginário, ele repetia em voz alta: "Pois é. Volte para a Rosa Mimosa".

Entretanto, o inspirado diálogo vinha à mente do capitão com cada vez menos frequência, uma vez que Grey avançava em direção a seus objetivos com os dentes cerrados e o rosto empalidecido. Ele suportava o atribulado labor com uma resoluta força de vontade, sentindo que aquilo ficaria cada vez mais fácil para ele, à medida

VELAS ESCARLATES: CONTO FEÉRICO

que o severo navio irrompia em seu organismo e a inabilidade era substituída pelo costume. Acontecia de os nós da amarra o derrubarem no chão, fazendo-o chocar-se contra o convés; de um cabo não fixado no cabeço escapar das mãos, esfolando a pele nas palmas; de o vento bater em seu rosto com a ponta molhada da vela, com uma argola de ferro pregada nela; para resumir, todo o trabalho era uma tortura, que exigia grande atenção, mas, por mais que ele respirasse pesadamente, endireitando com esforço as costas, o sorriso de desdém não saía de seu rosto. Ele aguentava calado a zombaria, o escárnio e os inevitáveis xingamentos, até virar "de casa" em sua nova esfera, mas, a partir de então, invariavelmente respondia a qualquer ofensa com pugilato.

Uma vez, o capitão Hop, ao ver a maestria com que ele amarrava a vela na verga, disse consigo mesmo: "A vitória está do seu lado, velhaco". Quando Grey desceu para o convés, Hop chamou-o à cabine e, abrindo um livro surrado, disse:

– Escute com atenção! Pare de fumar! Vamos começar a tornar o fedelho em capitão.

E ele começou a ler de um livro – ou melhor, a falar e gritar – as antigas palavras do mar. Foi a primeira lição de Grey. Ao longo do ano, ele aprendeu sobre náutica, prática, construção naval, direito marítimo, roteiro e contabilidade. O capitão Hop apertou-lhe a mão e disse: "Nós".

Em Vancouver, Grey foi alcançado por uma carta da mãe, cheia de lágrimas e medo. Ele respondeu: "Eu sei. Mas, se você enxergasse como eu... Olhe com os meus olhos. Se ouvisse como eu... Coloque uma concha perto do ouvido: nela, está o ruído eterno da onda. Se amasse como eu amo tudo, em sua carta, além de amor e um cheque, eu encontraria um sorriso...". E ele continuou a navegar, até que o *Anselm* chegou carregado a Dubelt, de onde, aproveitando a parada, Grey, com vinte anos, foi visitar o castelo.

Tudo estava igual ao redor; tudo tão indefectível nos detalhes e na impressão geral como cinco anos antes, só a folhagem dos jovens olmos tinha ficado mais densa; sua ramagem na fachada do edifício tinha avançado e crescido.

Os criados que correram ao seu encontro alegraram-se, animaram-se e pasmaram, com a mesma deferência com que, como se fora no dia anterior, tinham recebido Grey. Disseram-lhe onde estava a mãe; ele adentrou no elevado recinto e, encostando de leve a porta, parou sem nenhum ruído, olhando para a agrisalhada mulher de vestido negro. Ela estava em pé, diante do crucifixo: seu sussurro ardente era retumbante, como um forte batimento do coração. "Pelos navegantes, viajantes, enfermos, sofredores e cativos", ouviu Grey, com a respiração curta. Depois, foi dito: "E ao meu menino…". Então, ele disse: "Eu…". Mas não conseguiu articular mais nada. A mãe virou-se. Tinha emagrecido: na soberba de seu delicado rosto, reluzia uma nova expressão, semelhante à juventude restituída. Ela se aproximou do filho, com ímpeto; um riso curto vindo do peito, uma exclamação contida e lágrimas nos olhos – só isso. Mas, naquele momento, ela viveu melhor e com mais força do que em toda a sua vida. "Eu logo reconheci você, ah, meu querido, meu pequeno!" E Grey realmente deixou de ser grande. Ele ouviu sobre a morte do pai, depois contou de si. Ela ouviu com atenção, sem recriminações ou objeções, mas, consigo mesma, enxergava tudo aquilo que ele garantia ser a verdade de sua vida apenas como brinquedos, com os quais seu menino se divertia. Esses brinquedos eram continentes, oceanos e navios.

Grey passou sete dias no castelo; no oitavo dia, recebendo um grande montante de dinheiro, ele voltou a Dubelt e disse ao capitão Hop: "Obrigado. O senhor foi um bom companheiro. Adeus, meu superior e meu companheiro", aqui ele reforçou o verdadeiro significado dessa palavra com um aperto de mão, ferrenho como

Velas Escarlates: conto feérico

um torno. "Agora hei de navegar sozinho, no meu próprio navio."
Hop inflamou-se, cuspiu, tirou a mão e afastou-se, mas Grey, depois
de alcançá-lo, deu-lhe um abraço. E eles se reuniram na estalagem,
todos juntos, vinte e quatro homens da tripulação, e beberam, e gritaram, e cantaram, e beberam e comeram tudo que havia no bufê e
na cozinha.

Mais algum tempo se passou, e, no porto de Dubelt, a estrela
vespertina cintilou sobre a linha negra de um novo mastro. Era o
Segredo, comprado por Grey, um galeote de três mastros e duzentas
e sessenta toneladas. Assim, como capitão e proprietário de um navio, Arthur Grey navegou por mais quatro anos, até que o destino
o levou a Lisse. Mas ele já tinha guardado para sempre na memória
aquele riso curto vindo do peito, cheio de música do coração, com
que ele tinha sido recebido em casa, e umas duas vezes ao ano ele
visitava o castelo, deixando a mulher de cabelos prateados com a
certeza pouco firme de que aquele menino tão grande talvez pudesse dar conta de seus brinquedos.

O ALVORECER

O jorro de espuma lançado pela popa do navio de Grey, o *Segredo*, cruzava o oceano num traço branco e extinguia-se no brilho das luzes noturnas de Lisse. O navio parou no ancoradouro próximo ao farol.

O *Segredo* passou dez dias descarregando tussor, café e chá; o décimo primeiro dia a tripulação passou na costa, em repouso e nos vapores do vinho; no décimo segundo dia, Grey ficou perdidamente melancólico, sem nenhum motivo, sem compreender aquela melancolia.

Ainda de manhã, mal tendo acordado, ele já sentiu que aquele dia começara com uma luz negra. Ele se vestiu macambúzio, desjejuou sem vontade, esqueceu-se de ler o jornal e ficou muito tempo fumando, mergulhado no mundo indizível de uma tensão vã; em meio a palavras que surgiam vagamente, perambulavam desejos não reconhecidos, que se aniquilavam mutuamente com igual esforço. Então ele se pôs ao trabalho.

Acompanhado pelo mestre, Grey vistoriou o navio, deu ordem de apertar a enxárcia, afrouxar o gualdrope, limpar os escovéns, trocar a bujarrona, alcatroar o convés, limpar a bússola, abrir, ventilar

Velas Escarlates: conto feérico

e varrer o porão. Mas o afazer não distraiu Grey. Pleno de uma atenção alarmada quanto à tristeza do dia, ele o atravessou irritadiço e aflito: era como se alguém o chamasse, mas ele se esqueceu de quem era e onde estava.

No fim da tarde, ele se acomodou na cabine, pegou um livro e passou muito tempo debatendo com o autor, fazendo, nas margens, observações de caráter paradoxal. Por um tempo, divertiu-se com aquele jogo, com aquela conversa entre ele e os mortos, que reinavam em seus túmulos. Depois, pegando o cachimbo, ele afundou numa fumaça azulada, vivendo em meio aos arabescos espectrais que surgiam naquelas camadas movediças.

O tabaco é terrivelmente poderoso; como o óleo derramado na galopante rebentação das ondas aquieta sua fúria, também assim é o tabaco: atenuando a excitação dos sentimentos, ele faz com que eles desçam alguns tons; passam a soar de modo mais harmonioso e musical. Por isso, a melancolia de Grey, perdendo, afinal, depois de três cachimbos, seu sentido ofensivo, tornou-se um alheamento contemplativo. Aquele estado durou ainda cerca de uma hora; quando a bruma espiritual desapareceu, Grey voltou a si, quis mover-se e saiu para o convés. Era plena madrugada; ao redor do navio, no sono da água negra, dormitavam as estrelas e as luzes das lanternas dos mastros. O ar, tépido como a face, cheirava a mar. Grey, erguendo a cabeça, entrecerrou os olhos na direção das brasas douradas das estrelas; instantaneamente, através das milhas exorbitantes, a agulha ígnea de um distante planeta penetrou em suas pupilas. O ruído surdo da cidade noturna alcançava o ouvido, vindo das profundezas do golfo; às vezes, com o vento, pela sensível água, vinha voando uma frase da costa, como se tivesse sido dita no convés; ressoando com clareza, ela se extinguia no ranger do cordame; no castelo de proa, irrompeu um fósforo, iluminando dedos, olhos redondos e bigodes. Grey assobiou; o fogo do cachimbo moveu-se e flutuou em sua direção; logo o capitão viu, em meio às trevas, as mãos e o rosto do marinheiro de quarto.

– Avise Letika – disse Grey – que ele irá comigo. E que leve as varas.

Ele desceu à chalupa, onde esperou por uns dez minutos. Letika, um rapaz ligeiro e embusteiro, batendo estrondosamente os remos contra o costado, entregou-os a Grey; depois, ele mesmo desceu, ajeitou os toletes e meteu o saco com os mantimentos na popa da chalupa. Grey sentou-se ao leme.

– Aonde deseja ir, capitão? – perguntou Letika, girando o barco com o remo direito.

O capitão ficou em silêncio. O marinheiro sabia que, naquele silêncio, não era permitido inserir palavras e, por isso, depois de também ficar um pouco em silêncio, começou a remar com força.

Grey tomou a direção do mar aberto, depois se pôs a seguir a margem esquerda. Para ele, tanto fazia que rumo tomaria. O leme murmurava de modo surdo; os remos retiniam e marulhavam; todo o restante era mar e silêncio.

Ao longo do dia, uma pessoa deve atentar para uma quantidade tão grande de pensamentos, impressões, falas e palavras que tudo isso bastaria para compor mais de um livro grosso. O rosto do dia adquire determinada expressão, mas, naquele dia, foi em vão que Grey observou aquele rosto. Em seus traços vagos, brilhou um daqueles sentimentos que são muitos, mas aos quais não é dado um nome. Chame-os como for, mas eles permanecem para sempre fora das palavras e até dos conceitos, de maneira semelhante à inspiração de um aroma. Grey estava agora sob o domínio de um desses sentimentos; a bem da verdade é que ele poderia dizer: "Estou esperando, estou vendo, logo saberei…", mas mesmo essas palavras não passariam de desenhos isolados em relação a um projeto arquitetônico. Nesses sopros havia ainda a força de uma luminosa incitação.

Velas Escarlates: conto feérico

À esquerda de onde eles navegavam, como uma ondulada condensação das trevas, delineava-se a costa. Sobre o vidro vermelho das janelas, rodopiavam as centelhas das chaminés; era Caperna. Grey ouviu uma discussão e latidos. As luzes do vilarejo lembravam a portinhola de um fogão, ardendo pelos buraquinhos, através dos quais se enxergavam os carvões em brasa. À direita, estava o oceano, nítido como a presença de alguém dormindo. Passando por Caperna, Grey virou em direção à costa. Ali, a água ia levando o barco de mansinho; acendendo a lanterna, ele viu os buracos de uma escarpa e suas saliências superiores, que pendiam; gostou daquele lugar.

– É aqui que nós vamos pescar – disse Grey, batendo no ombro do remador.

O marinheiro deu um resmungo indefinido.

– É a primeira vez que eu navego com um capitão assim – ele murmurou. – É um capitão capaz, mas diferente. Um capitão cheio dos embaraços. Pensando bem, eu gosto dele.

Cravando o remo no lodo, amarrou nele o barco, e ambos foram para o alto, trepando pelas pedras que iam saltando por baixo dos joelhos e dos cotovelos. A partir da escarpa, estendia-se um matagal. Ouviu-se a batida de um machado, talhando um tronco seco; depois de derrubar a árvore, Letika fez uma fogueira na escarpa. Moveram-se as sombras e a chama refletida pela água; na escuridão que recuava, iluminaram-se a grama e os ramos; acima da fogueira, retorcido pela fumaça, resplandecendo, o ar trepidava.

Grey sentou-se junto à fogueira.

– Tome – disse ele, estendendo a garrafa –, beba, meu amigo Letika, à saúde de todos os abstêmios. Aliás, você pegou a de gengibre, não a de quinino.

– Desculpe, capitão – respondeu o marinheiro, tomando fôlego. – Deixe-me mordiscar isso aqui… – Ele roeu de uma só vez metade do frango e, puxando da boca a asinha, continuou: – Eu sei que o senhor gosta da de quinino. Só que estava escuro, e eu estava com pressa. É que o gengibre endurece a pessoa, entende? Quando eu preciso brigar, bebo a de gengibre.

Enquanto o capitão comia e bebia, o marinheiro observou-o de soslaio; depois, não conseguindo conter-se, disse:

– É verdade o que dizem, capitão, que o senhor de nascença é de uma família nobre?

– Isso não interessa, Letika. Pegue a vara e pesque, se quiser.

– E o senhor?

– Eu? Não sei. Talvez. Mas... depois.

Letika desenrolou a vara, recitando seus versinhos, no que era mestre, para grande admiração dos tripulantes:

– Uma vara bem comprida eu montei, com cordão, madeira e fio; nela, um ganchinho eu botei, soltando um longo assobio. – Depois ele chacoalhou com os dedos a caixa de minhocas. – Pela terra, passeava a minhoquinha, contente, feliz com sua vida; agora amarrada na ponta da linha, para o bagre vai virar comida.

Finalmente, ele partiu, cantando:

– A noite é calma, a água é esplendorosa, tremei, ó esturjões, os arenques estão em polvorosa, Letika vai pescar aos montões!

Grey deitou-se junto à fogueira, olhando para o fogo refletido na água. Ele pensava, mas sem a participação da vontade; nesse estado, o pensamento, retendo distraidamente o ambiente, enxerga-o de maneira confusa; o pensamento passa a galope, como um cavalo em meio a uma cerrada multidão, esmagando, empurrando e parando; o vazio, a confusão e a demora revezam-se em sua companhia. Ele vaga pela alma das coisas; da forte inquietação, ele se apressa em direção às alusões dissimuladas; rodopia pela terra e pelo céu, conversa vivaz, com figuras imaginárias, abafa e enfeita as recordações. Nesse movimento nebuloso, tudo é vivo e expressivo e tudo é desconexo, como um delírio. E com frequência sorriu uma consciência que descansa, ao ver, por exemplo, que, em meio à reflexão sobre o

Velas Escarlates: conto feérico

destino, uma imagem completamente imprópria rende uma visita: um raminho que se quebrou dois anos atrás. Assim pensava Grey junto à fogueira, mas estava "em algum lugar", não ali.

O cotovelo com que ele se apoiava, segurando a cabeça com a mão, ficou úmido e adormecido. As estrelas reluziram pálidas; as trevas se fortaleceram com a tensão que antecede o alvorecer. O capitão começou a pegar no sono, mas não percebeu. Ficou com vontade de beber e esticou-se em direção ao saco, desatando-o já em sonho. Depois, ele parou de sonhar; as duas horas seguintes, para Grey, não foram mais longas que aqueles segundos ao longo dos quais ele ficou com a cabeça inclinada sobre a mão. Durante esse tempo, Letika apareceu junto à fogueira duas vezes, fumou e, por curiosidade, espiou dentro da boca do peixe que ele tinha pescado, para ver o que havia ali. Mas ali, evidentemente, não havia nada.

Ao despertar, Grey se esqueceu, por um instante, de como tinha parado naquele lugar. Com assombro, ele viu o alegre brilho da manhã, a encosta em meio aos vistosos ramos e a ardente imensidão azul; acima do horizonte, mas, ao mesmo tempo, também acima dos seus pés, pendiam as folhas de uma aveleira. Na parte de baixo da encosta, dando a impressão de estar bem debaixo das costas de Grey, a ressaca murmurava baixinho. Brotando de uma folha, uma gota de orvalho derramou-se em seu rosto sonolento com uma fria palmada. Ele se levantou. Por toda a parte, triunfava a luz. Os tições resfriados da fogueira agarravam-se à vida num delicado fio de fumaça. Seu cheiro conferia um selvagem encanto ao prazer de respirar o ar da vegetação da floresta.

Letika não estava lá; tinha se entusiasmado; depois de transpirar, ele pescava com a empolgação de um jogador inveterado. Grey saiu do matagal para o arbusto que se espalhava pelo declive da colina. A relva fumegava e ardia; as úmidas flores tinham o aspecto de crianças banhadas à força com água fria. O mundo verde respirava com

ALEKSANDR GRIN

uma infinidade de minúsculas bocas, estorvando Grey enquanto ele passava em meio à sua jubilosa estreiteza. O capitão abriu caminho até um local aberto, coberto por uma grama colorida, e viu ali uma jovem moça adormecida.

Lentamente, ele afastou com a mão um galho e parou, com a sensação de ter feito um perigoso achado. A menos de cinco passos, enrodilhada, com uma perninha encolhida e a outra esticada, estava deitada Assol, extenuada, com a cabeça apoiada nos braços confortavelmente dobrados. Seus cabelos estavam postos em desordem; junto ao pescoço, um botão tinha se soltado, abrindo uma cavidade branca; a saia estendida deixava à mostra os joelhos; os cílios dormiam sobre as faces, à sombra da delicada e saliente têmpora, semicerrada por uma mecha escura; o mindinho da mão direita, que jazia debaixo da cabeça, estava curvado em direção à nuca. Grey ficou de cócoras, espiando o rosto da moça debaixo e sem suspeitar que, assim, lembrava um fauno de um quadro de Arnold Böcklin.

Talvez, em outras circunstâncias, essa moça fosse percebida por ele somente com os olhos, mas, naquele momento, ele a viu de outra maneira. Tudo se pôs em movimento, tudo sorriu dentro dele. É claro que ele não sabia quem ela era, nem o nome dela, muito menos o motivo pelo qual ela tinha pegado no sono na orla, mas aquilo o deixava muito satisfeito. Ele adorava os quadros sem explicações e sem assinaturas. A impressão causada por um quadro como esse é incomparavelmente mais forte; seu conteúdo, não unido por palavras, torna-se ilimitado, consolidando todas as conjecturas e todos os pensamentos.

A sombra da folhagem aproximava-se cada vez mais dos troncos, e Grey continuava agachado na mesma pose pouco confortável. Tudo na moça dormia: dormiam seus cabelos escuros, o vestido e as dobras do vestido; até a grama ao redor de seu corpo parecia ter cochilado, por compaixão. Quando a impressão se tornou plena,

VELAS ESCARLATES: CONTO FEÉRICO

Grey entrou em sua cálida onda, que o lavou, e flutuou com ela. Por muito tempo Letika gritava: "Capitão, onde está o senhor", mas o capitão não o ouvia.

Quando ele finalmente se levantou, a propensão ao extraordinário apanhou-o de surpresa, com a firmeza e a inspiração de uma mulher irritada. Contemplativamente cedendo a ela, ele tirou do dedo um anel antigo e caro, refletindo, não sem motivo, que, com aquilo, talvez estivesse sugerindo à vida algo essencial, semelhante à ortografia. Ele cuidadosamente deitou o anel no pequeno mindinho, que branquejava por baixo da nuca. O mindinho moveu-se com impaciência e deixou-o cair. Depois de olhar mais uma vez para aquele rosto em descanso, Grey virou-se e viu, em meio aos arbustos, as sobrancelhas do marinheiro, erguidas bem no alto. Letika, com a boca escancarada, olhava para o passatempo de Grey com o mesmo espanto com que, certamente, Jonas olhou para a goela de sua mobiliada baleia.

– Ah, é você, Letika! – disse Grey. – Olhe para ela. É bonita ou não é?

– Uma magnífica obra de arte! – gritou num sussurro o marinheiro, que adorava expressões livrescas. – Considerando as circunstâncias, há algo auspicioso. Eu peguei quatro moreias e mais outro, gordo como uma bola.

– Silêncio, Letika. Vamos embora daqui.

Eles foram em direção aos arbustos. Deviam agora seguir até o barco, mas Grey demorou-se, observando a amplidão da orla baixa, de onde, acima da vegetação e da areia, manava a fumaça matutina das chaminés de Caperna. Naquela fumaça, ele novamente viu a moça.

Então, ele deu a volta, resoluto, descendo ao longo do declive; o marinheiro, sem perguntar o que acontecera, foi atrás; ele sentia que outra vez veio aquele silêncio obrigatório. Já próximo às primeiras construções, Grey de repente disse:

– Consegue precisar, Letika, com o seu olho treinado, onde fica a taverna por aqui?

– Deve ser aquele telhado preto ali – ponderou Letika –, mas, pensando bem, também pode não ser ele.

– O que é que tem de diferente nesse telhado?

– Eu mesmo não sei, capitão. É nada mais que a voz do coração.

Eles se aproximaram da casa; era de fato a taverna de Menners. Pela janela aberta, via-se, em cima da mesa, uma garrafa; ao lado dela, a mão suja de alguém ordenhava uns bigodes agrisalhados.

Embora fosse cedo, no salão comum da pequena taverna estavam alojadas três pessoas. Perto da janela, estava sentado um carvoeiro, o proprietário dos ébrios bigodes que já mencionamos antes; entre o bufê e a porta interna do salão, numa mesa com ovos fritos e cerveja, estavam instalados dois pescadores. Menners, um rapaz jovem e comprido, com um rosto sardento e enfadonho e aquela particular expressão de astuta desenvoltura nos olhos míopes que é própria dos vendilhões em geral, enxugava a louça atrás do balcão. No chão sujo, jazia a moldura ensolarada da janela.

Grey mal tinha entrado naquela faixa de luz fumarenta e Menners, saudando-o com reverência, saiu de seu abrigo. Ele logo adivinhou que Grey era um verdadeiro capitão, uma categoria de hóspede raramente vista por ele. Grey pediu rum. Cobrindo a mesa com uma toalha, amarelada pelo rebuliço humano, Menners trouxe uma garrafa, depois de dar uma lambida preventiva na pontinha do rótulo que se descolava. Depois, voltou para detrás do balcão, olhando atentamente ora para Grey, ora para o prato do qual ele desprendia, com a unha, algo que tinha grudado ali.

Enquanto Letika, pegando o copo com ambas as mãos, cochichava discretamente com ele, olhando para a janela, Grey chamou Menners. Khin, todo satisfeito, sentou-se na pontinha da cadeira, lisonjeado com aquele tratamento e lisonjeado justamente porque ele fora expresso com um simples aceno do dedo de Grey.

VELAS ESCARLATES: CONTO FEÉRICO

– É claro que o senhor conhece todos os moradores daqui – falou calmamente Grey. – Tenho interesse pelo nome de uma jovem moça de tranças, do vestido com florzinhas cor-de-rosa, cabelos castanho-escuros e baixa estatura, entre dezessete e vinte anos. Eu a encontrei não muito longe daqui. Qual é o nome dela?

Ele disse aquilo com a dura simplicidade de uma força que não permitia esquivar-se do tom estabelecido. Internamente, Khin Menners revirou-se e deu até um leve risinho, mas, externamente, submeteu-se àquele tipo de tratamento. Aliás, antes de responder, ele ficou um tempo em silêncio, unicamente pelo vão desejo de adivinhar do que aquilo se tratava.

– Hum! – disse ele, erguendo os olhos para o teto. – Deve ser a "Assol do Navio", não pode ser outra pessoa. Ela é amalucada.

– É mesmo? – disse Grey em tom indiferente, dando um grande gole. – Como é que isso aconteceu?

– Se quer saber, peço que escute. – E Khin contou a Grey de como, sete anos antes, a menina conversou na praia com um compilador de canções. É claro que aquela história, a partir do momento em que um mendigo confirmou sua existência naquela mesma taverna, ganhou contornos de um mexerico grosseiro e banal, mas a essência permaneceu intocada. – Desde então ela é chamada assim – disse Menners –, de "Assol do Navio".

Grey olhou maquinalmente para Letika, que continuava silencioso e discreto, depois seus olhos dirigiram-se para a estrada poeirenta que passava junto à taverna, e ele sentiu como que um golpe – um golpe simultâneo no coração e na cabeça. Pela estrada, com o rosto virado para ele, ia aquela mesma Assol do Navio a que Menners acabara de referir-se de modo clínico. Os traços admiráveis de seu rosto, que lembravam o mistério de palavras indeléveis e emocionantes, ainda que simples, surgiam agora diante dele à luz de seu olhar. O marinheiro e Menners estavam sentados de costas para a janela, mas, para que eles não se virassem acidentalmente, Grey teve a coragem de desviar seu olhar na direção dos olhos rubros de Khin. Depois de ver os olhos de Assol, dissipou-se toda a estagnação do relato de Menners. Enquanto isso, sem suspeitar de nada, Khin continuou:

– Devo ainda informar ao senhor que o pai dela é um verdadeiro canalha. Ele afogou o meu papai como se fosse um gato qualquer, o Senhor que o perdoe. Ele...

Foi interrompido por um berro inesperado e selvagem, vindo de trás. Revirando terrivelmente os olhos, o carvoeiro, sacudindo o torpor da embriaguez, de repente rugiu com uma cantoria, e de modo tão feroz, que todos estremeceram:

– *Cesteiro, cesteiro,*
Esfole-nos por umas cestinhas!...

– De novo encheu o bote, seu maldito! – gritou Menners. – Fora daqui!

– *... Mas tenha medo de parar*
Nas nossas Palestinas!... – uivou o carvoeiro, como se não houvesse nada, afogando os bigodes no copo que ia entornando.

Khin Menners encolheu os ombros, indignado.

– É um rebotalho, e não um homem – disse ele com a horrenda dignidade de um sovina. – Toda vez é essa história!

– O senhor não pode contar mais nada? – perguntou Grey.

– Eu? Pois eu estou dizendo ao senhor que o pai é um canalha. Por causa dele, senhor, eu fiquei órfão e, ainda criança, precisei ganhar por conta própria o meu frágil sustento...

– Está mentindo – disse inesperadamente o carvoeiro. – Está mentindo de um jeito tão torpe e afetado que eu até fiquei sóbrio. – Khin nem teve tempo de abrir a boca, e o carvoeiro já se dirigia a Grey: – Ele mente. O pai dele também mentia; até a mãe mentia. A raça deles é assim. O senhor pode ficar tranquilo, que ela é tão

Velas Escarlates: conto feérico

saudável quanto nós dois. Eu conversava com ela. Ela andou na minha carroça umas oitenta e quatro vezes, talvez um pouco menos. Quando a moça voltava a pé da cidade e eu ia vendendo o meu carvão, eu sempre deixava a moça subir. Deixava que subisse. Eu estou dizendo que ela tem uma cabeça boa. Isso logo se vê. É compreensível que ela não troque nem duas palavrinhas com você, Khin Menners. Mas eu, meu senhor, no meu livre ofício de carvoeiro, desprezo os julgamentos e os boatos. Ela fala como se fosse grande, mas a conversa dela é extravagante. Você fica ouvindo, e parece que é tudo igual ao que nós dois falaríamos; com ela até que é o mesmo, só que não é exatamente igual. Por exemplo, uma vez começou uma discussão sobre o ofício dela. "Eu vou lhe dizer o seguinte...", ela disse, segurando o meu ombro como uma mosca segura um campanário. "O meu trabalho não é enfadonho, só que eu sempre quero inventar alguma coisa especial", ela diz. "Eu queria dar um jeito de fazer com que, no meu tabuleiro, o barco navegasse sozinho, e os remadores remassem de verdade; depois eles atracariam na costa, largariam as amarras e iriam até a costa para comer, direitinho, como se estivessem vivos." Eu dei risada daquilo, pois eu achei mesmo aquilo engraçado. Eu disse: "Bom, Assol, é que o seu trabalho é assim, e é por isso que o seu pensamento é desse jeito, mas olhe ao seu redor: todo mundo trabalha como se estivesse numa briga". "Não", ela disse, "eu sei o que eu sei. Quando um pescador pega um peixe, ele pensa que pegou um peixe enorme, que ninguém nunca pegou". "Bom, mas e eu?" "Você?", ela riu. "Quando você enche a cesta de carvão, com certeza pensa que ela vai florescer." Veja só que palavras ela me disse! Naquele momento, confesso que tive uma comichão de olhar dentro da cesta vazia, e alguma coisa entrou no meu olho, como se fossem os brotos de um galho; esses brotos rebentaram, a cestinha ficou salpicada de flores e depois tudo sumiu. Até fiquei um tiquinho sóbrio! Mas Khin Menners mente e não aceita dinheiro; eu o conheço bem!

ALEKSANDR GRIN

Considerando que a conversa tinha se tornado uma flagrante ofensa, Menners lançou um olhar penetrante ao carvoeiro e escondeu-se atrás do balcão, de onde indagou em tom amargo:

– O senhor deseja mais alguma coisa?

– Não – disse Grey, pegando o dinheiro –, nós já estamos indo embora. Letika, você vai ficar aqui, vai voltar à noite e ficar quieto. Vai descobrir tudo que puder e depois vai me informar. Entendeu?

– Boníssimo capitão – disse Letika com certa intimidade, provocada pelo rum –, só um surdo não entenderia isso.

– Excelente. Lembre-se também de que, em qualquer situação que possa surgir, você não pode falar de mim, nem mesmo citar meu nome. Adeus!

Grey saiu. A partir daquele momento, ele não foi mais abandonado pela sensação de uma descoberta assombrosa, semelhante ao almofariz de pólvora de Berthold Schwarz[2] – um daqueles desmoronamentos da alma debaixo dos quais o fogo emerge, fulgurando. O espírito da ação imediata tomou conta dele. Ele só voltou a si e organizou os pensamentos quando estava dentro do barco. Rindo, ele pôs a mão com a palma para cima, em direção ao sol escaldante, como tinha feito certa vez quando era menino, na adega de vinhos; depois, ele zarpou e começou a remar depressa em direção ao porto.

---

[2] Lendário monge franciscano que teria descoberto a pólvora no século XIV. (N.T.)

NA VÉSPERA

Na véspera daquele dia e sete anos depois de Egl, o compilador de canções, ter contado à menina, à o conto do navio de Velas Escarlates, Assol, numa de suas visitas semanais à loja de brinquedo, voltou para casa desolada, com o rosto entristecido. Ela trouxe de volta a sua mercadoria. Estava tão amargurada que não conseguiu falar de uma vez e, apenas depois de ver, pelo rosto alarmado de Longren, que ele esperava algo consideravelmente pior que a realidade, começou a contar, passando o dedo pelo vidro da janela ao lado da qual ela estava em pé, observando, distraída, o mar.

Dessa vez, o dono da loja de brinquedos começou abrindo o livro contábil e mostrando-lhe a dívida que eles tinham. Ela estremeceu ao ver o vultoso número de três dígitos. "Isso é o que vocês receberam desde dezembro", disse o comerciante. "Agora olhe aqui quanto foi vendido." E ele pôs o dedo em outra cifra, essa de dois dígitos.

– Foi lamentável e humilhante olhar aquilo. Pelo rosto dele, eu vi que estava grosseiro e bravo. Eu sairia correndo com prazer, mas juro que não tinha forças, de tanta vergonha. E ele começou a falar: "Não compensa mais para mim, querida. Agora estão na moda os artigos importados. Todas as lojas estão cheias deles. Esse tipo de mercadoria ninguém compra mais". Foi o que ele disse. Ele ainda falou muitas outras coisas, mas eu me atrapalhei toda e esqueci. Deve ter ficado com pena de mim, porque ele me sugeriu passar no Bazar Infantil e na Lâmpada de Aladim.

Depois de dizer o mais importante, a moça virou a cabeça, olhando timidamente para o velho. Longren estava sentado cabisbaixo, os dedos das mãos entrelaçados entre os joelhos, nos quais ele se apoiava com os cotovelos. Sentindo o olhar, ele ergueu a cabeça e suspirou. Vencendo o estado de espírito lúgubre, a moça aproximou-se correndo dele, ajeitou-se para se sentar ao lado dele e, enfiando sua leve mão por baixo da manga de couro da jaqueta do pai, rindo e olhando para baixo, para o rosto dele, continuou, com animação fingida:

– Tudo bem, está tudo bem, continue escutando, por favor. Então eu fui. Bom, aí eu cheguei nessa loja enorme, muitíssimo assustadora; havia um monte de gente lá. Fui empurrada; porém, eu me livrei e fui até um homem negro de óculos. Eu não me lembro de nada do que eu lhe disse; no fim, ele deu um sorriso, revirou a minha cesta, olhou alguma coisa, depois embrulhou de novo, como estava, num lenço, e devolveu.

Longren ouviu, com ar bravo. Era como se ele visse sua filha, perplexa em meio a uma rica multidão, junto a um balcão coberto por uma mercadoria valiosa. O asseado homem de óculos explicou, com ar superior, que iria à falência se começasse a vender os simplórios artigos de Longren. Com desdém e agilidade, ele colocou diante dela, sobre o balcão, modelos dobráveis de edifícios e pontes ferroviárias; precisos automóveis em miniatura, jogos elétricos, aeroplanos e motores. Tudo aquilo cheirava a tinta e escola. A julgar por todas as palavras dele, a conclusão era que, agora, as crianças só imitavam, nos jogos, o que os adultos fazem.

Velas Escarlates: conto feérico

Assol esteve na Lâmpada de Aladim e em mais duas lojas, mas não conseguiu nada.

Ao terminar o relato, eles foram jantar; depois de comer e de beber um copo de café forte, Longren disse:

– Já que não tivemos sorte, precisamos procurar. Talvez eu peça para voltar ao serviço, no *Fitzroy* ou no *Palermo*. Eles estão certos, é claro – continuou ele, meditativo, pensando nos brinquedos. – Agora, as crianças não brincam, elas estudam. Elas estudam, estudam, e nunca começam a viver. É assim mesmo, mas na verdade é uma pena, é uma pena. Será que você consegue viver sem mim pelo tempo de uma viagem? É inconcebível deixar você sozinha.

– Eu também poderia servir, junto com você; no bufê, digamos.

– Não! – Longren ressaltou aquela palavra com um golpe da palma de sua mão contra a mesa, que estremeceu. – Enquanto eu estiver vivo, você não vai servir. Aliás, temos tempo para pensar.

Ele se calou, carrancudo. Assol instalou-se ao seu lado, no canto do banquinho; ele viu, de lado, sem virar a cabeça, que ela se esforçava para consolá-lo, e por pouco não sorriu. Mas sorrir significava espantar e desnortear a moça. Ela, dizendo algo consigo mesma, afagou os cabelos dele, emaranhados e grisalhos, beijou-o nos bigodes e, enfiando seus dedos pequenos e fininhos nas hirsutas orelhas do pai, disse: "Bom, agora você não ouve que eu amo você". Enquanto ela o arrumava, Longren ficou sentado, todo enrugado, como alguém que teme respirar fumaça, mas, ao ouvir as palavras dela, ele deu uma volumosa gargalhada.

– Minha querida – disse ele simplesmente e, dando uma palmadinha na face da moça, foi para a orla olhar o barco.

Assol ficou algum tempo imersa em pensamentos, de pé no meio da sala, oscilando entre o desejo de render-se a uma tristeza silenciosa e a necessidade dos afazeres domésticos; mais tarde, depois de lavar a louça, ela examinou no armário os restos dos mantimentos.

Ela não pesou e não mediu nada, mas viu que a farinha não chegaria até o fim da semana, que dava para ver o fundo da lata de açúcar, que as embalagens de chá e de café estavam quase vazias, que não havia manteiga e que a única coisa em que o olho podia descansar, com certo desgosto por aquela exceção, era um saco de batatas. Depois, ela lavou o chão e sentou-se para costurar o babado de uma saia refeita a partir de uns cacarecos, mas logo se lembrou de que os retalhos do tecido estavam atrás do espelho, aproximou-se dele e pegou o embrulho; depois, olhou para seu reflexo.

Além da moldura de nogueira, no luminoso vazio do quarto refletido, erguia-se uma moça franzina e não muito alta, usando uma barata musselina branca de florzinhas cor-de-rosa. Sobre seus ombros, jazia um lenço cinzento de seda. O rosto semi-infantil, com um luminoso bronzeado, era vivo e expressivo; os olhos belos, um pouco sérios para sua idade, observavam com a acanhada concentração das almas profundas. Seu rostinho irregular podia comover pela delicada pureza dos contornos; cada meandro, cada saliência daquele rosto certamente encontraria lugar em muitas figuras femininas, mas seu conjunto, seu estilo era totalmente original, originalmente encantador; aqui nós nos deteremos. O restante não está sujeito às palavras, exceto pela palavra "encanto".

A moça refletida sorria do mesmo modo incontido com que sorria Assol. O sorriso saía triste; ao perceber aquilo, ela se alarmou como se estivesse olhando para uma estranha. Ela apertou a face contra o vidro, fechou os olhos e calmamente afagou o espelho no ponto em que ficava seu reflexo. Um enxame de pensamentos confusos e ternos faiscou dentro dela; ela se endireitou, deu risada e sentou-se, começando a costurar.

Enquanto ela costura, olhemos para ela mais de perto – em seu interior. Dentro dela, há duas moças, Assols misturadas numa notável e bela assimetria. Uma era a filha do marinheiro, do artesão

Velas Escarlates: conto feérico

que fabricava brinquedos; a outra era uma poesia viva, com todas as maravilhas de suas consonâncias e imagens, com a secreta proximidade das palavras, com toda a reciprocidade de suas sombras e da luz que recai de umas sobre as outras. Ela conhecia a vida nos limites colocados por sua experiência, mas, por cima dos fenômenos comuns, ela via um sentido refletido, de outra ordem. Assim, examinando os objetos, percebemos neles algo não linear, mas, pela impressão, decididamente humano e, assim como é humano, diverso. Algo semelhante ao que dissemos com esse exemplo (se é que conseguimos) ela via ainda acima do visível. Sem essas conquistas silenciosas, tudo aquilo que é facilmente compreensível era estranho à sua alma. Ela sabia e adorava ler, mas os livros ela lia preferencialmente nas entrelinhas, assim como vivia. Inconscientemente, por meio de uma singular inspiração, ela fazia, a cada passo, uma infinidade de finas descobertas etéreas, inexprimíveis, mas importantes, como a pureza e o calor. Às vezes – e isso durava alguns dias –, ela até se transfigurava; a oposição física da vida ruía, como o silêncio ao golpe do arco, e tudo aquilo que ela via, por que vivia, que estava ao redor tornava-se uma renda de segredos com a forma do cotidiano. Mais de uma vez, inquieta e intimidada, ela saía de madrugada para a beira-mar, onde, esperando pelo alvorecer, ficava espreitando, totalmente a sério, o navio das Velas Escarlates. Eram momentos de felicidade para ela; para nós, é difícil adentrar assim um conto maravilhoso; para ela, não seria menos difícil sair de seu poder e de sua fascinação.

Em outro momento, meditando sobre tudo aquilo, ela ficava sinceramente admirada, sem acreditar que tinha acreditado, despedindo-se do mar com um sorriso e voltando, com tristeza, à realidade; agora, afastando o babado, a moça relembrava sua vida. Havia ali muito enfado e simplicidade. Acontecia de a solidão a dois oprimi-la desmedidamente, mas nela já havia se formado

ALEKSANDR GRIN

aquele franzido de acanhamento interior, aquela ruga sofredora com que não se infunde e não se recebe ânimo. Riam dela, dizendo: "Ela não bate bem, está fora de si"; com essa dor ela também se acostumou; a moça teve que suportar até humilhações, depois do que seu peito doeu, como se tivesse sofrido um ataque. Como mulher, ela não era popular em Caperna, embora muitos suspeitassem, ainda que de maneira vaga e selvagem, que ela era mais dotada que as demais, só que em outra língua. Os moradores de Caperna adoravam as mulheres robustas e corpulentas, com a pele oleosa nas carnudas panturrilhas e nos braços vigorosos; ali, galanteavam dando palmadas nas costas e empurrando, como se estivessem na feira. Esse tipo de sentimento lembrava a cândida simplicidade de um rugido. Assol cabia naquele meio resoluto do mesmo modo que a companhia de um fantasma caberia a pessoas de vida refinada e nervosa, possuísse ele todo o fascínio de Assunta ou de Aspásia: que fosse por amor era ali algo inconcebível. Assim, em meio ao zunido uniforme do clarim de um soldado, a encantadora tristeza de um violino é incapaz de tirar um severo regimento da ação de suas linhas retas. A moça dava as costas para tudo que foi dito nessas linhas.

Enquanto sua cabeça cantarolava uma canção de vida, as pequenas mãos trabalhavam com aplicação e agilidade; mordendo a linha, ela olhava para bem longe diante de si, mas isso não a impedia de dobrar a costura e dar o ponto com a precisão de uma máquina de costura. Embora Longren não voltasse, ela não estava preocupada com o pai. Ultimamente, era bem frequente que ele zarpasse de madrugada para pescar ou simplesmente espairecer.

O medo não a incomodava; ela sabia que nenhum mal lhe aconteceria. Nesse sentido, Assol ainda era aquela mesma menina pequena que rezava à sua maneira, murmurando amigavelmente pela manhã "Olá, Deus!" e, de noite, "Até logo, Deus!".

Velas Escarlates: conto feérico

Na visão dela, esse curto contato com Deus era plenamente suficiente para que ele afastasse a infelicidade. Ela também se colocava na posição dele: Deus estava eternamente ocupado com os problemas de milhões de pessoas, e, por isso, na opinião dela, era preciso ter, em relação às sombras corriqueiras da vida, a delicada paciência de um convidado que, ao encontrar a casa cheia de gente, espera pelo azafamado anfitrião, aconchegando-se e alimentando-se de acordo com as circunstâncias.

Ao terminar de costurar, Assol colocou seu trabalho sobre a mesa de canto, despiu-se e deitou-se. O fogo estava apagado. Ela logo percebeu que não havia sonolência; a consciência estava clara como no auge do dia, até a escuridão pareceu artificial, ela sentia o corpo, assim como a consciência, leve, diurno. O coração tamborilava com a rapidez de um relógio de bolso; ele batia como que entre o travesseiro e o ouvido. Irritada, Assol se revirava, ora empurrando o cobertor, ora embrulhando-se nele até a cabeça. Finalmente, ela conseguiu evocar uma habitual imagem que ajuda a pegar no sono: mentalmente, ela jogava pedras na água luminosa, observando a difusão daqueles levíssimos círculos. O sono, de fato, como que apenas esperava por aquela dádiva; ele chegou, cochichou com Meri, que estava de pé junto à cabeceira, e, acatando seu sorriso, disse ao redor: "Ch-h-h-h". Assol imediatamente adormeceu. Teve seu sonho favorito: árvores floridas, melancolia, fascínio, canções e fenômenos misteriosos, dos quais, ao acordar, ela só se lembrava do resplendor da água azul, que subia dos pés ao coração com frio e enlevo. Depois de ver tudo aquilo, ela permaneceu ainda algum tempo no país impossível, depois acordou e se sentou.

Não havia sono, como se ela não tivesse dormido em absoluto. Ela era acalentada por uma sensação de novidade, de alegria e de desejo de fazer algo. Olhou ao redor, com o olhar com que se observa uma nova residência. O alvorecer penetrou – não com toda a clareza de sua irradiação, mas com aquele esforço incerto no qual é possível compreender o que está ao redor. A parte de baixo da janela estava escura; a de cima, toda iluminada. Na parte de fora da casa, quase na borda da armação, reluzia a estrela da manhã. Sabendo que agora não pegaria mais no sonho, Assol vestiu-se, aproximou-se da janela e, tirando o fecho, empurrou a armação. Para lá da janela, havia um silêncio atencioso e sensível; era como se ele tivesse acabado de surgir. No crepúsculo azul, cintilavam os arbustos, ao longe dormiam as árvores; recendia a mormaço e terra.

Segurando-se na parte de cima da armação, a moça observava e sorria. De repente, algo semelhante a um longínquo apelo sobressaltou-a por dentro e por fora, e ela como que despertou outra vez, da realidade evidente para aquilo que é mais evidente e indubitável. A partir daquele instante, a jubilosa riqueza da consciência não a abandonou mais. É assim que ouvimos a fala das pessoas e compreendemos, mas, se repetimos o que foi dito, compreendemos outra vez, com um novo significado, diverso. Foi o mesmo com ela.

Pegando o lenço de seda, velhinho, mas em sua cabeça sempre jovem, ela o atou com a mão debaixo do queixo, trancou a porta e saiu descalça pela estrada, a passo ligeiro. Embora estivesse tudo vazio e quieto, pareceu-lhe que ela ressoava como uma orquestra, e que podiam ouvi-la. Tudo era adorável para ela, tudo a alegrava. A poeira cálida fazia cócegas nos pés descalços; o ar estava sereno e prazeroso de respirar. No clarão crepuscular do céu, delineavam-se, escuros, os tetos e as nuvens; cochilavam as sebes, as roseiras, as hortas, os jardins e a estrada, ternamente visível. Em tudo se percebia uma ordem diversa daquela do fim do dia – a mesma, mas numa concordância que, mais cedo, esquivava-se. Tudo dormia de olhos abertos, fitando em segredo a moça que passava.

Quanto mais ela andava, mais rápido ia, com pressa de deixar o povoado. Além de Caperna, estendiam-se prados; além dos prados,

Velas Escarlates: conto feérico

nas encostas das colinas litorâneas, cresciam aveleiras, choupos e castanheiras. No lugar em que a estrada terminava, transformando-se numa cerrada vereda, um felpudo cachorro preto, de peito branco e uma tensão falante nos olhos, roçou-se suavemente nas pernas de Assol. O cachorro, tendo reconhecido Assol, ganindo e sacudindo dengosamente o tronco, seguiu ao lado dela, concordando em silêncio com a moça no que lhe era compreensível, como "eu" e "você". Assol, olhando para seus olhos comunicativos, tinha plena certeza de que o cachorro poderia falar, não fossem seus motivos secretos para ficar calado. Percebendo o sorriso da companheira de viagem, o cachorro fez uma careta contente, sacudiu a cauda e saiu correndo adiante, de maneira uniforme, mas de repente sentou-se, indiferente, escavou competentemente com a pata a orelha, mordida por sua eterna inimiga, e correu de volta.

Assol penetrou na alta grama do prado, que respingava orvalho; segurando a mão com a palma para baixo, ela caminhava sobre as inflorescências, sorrindo com seu toque fluido. Olhando para os singulares rostos das flores, para a confusão de caules, ela distinguia ali indícios quase humanos – poses, esforços, movimentos, traços e olhares; naquele momento, ela não ficaria surpresa com uma procissão de ratos do campo, um baile de esquilos ou a rude festança de um ouriço que, com suas bufadelas, assustou um gnomo adormecido. E, de fato, um ouriço passou correndo, cinzento, pela vereda, diante dela. "Puf-puf", disse ele de modo entrecortado, com irritação, como um cocheiro a um pedestre. Assol falava com aqueles que ela entendia e via. "Olá, doentinha", disse ela a uma íris lilás, na qual um verme abrira um buraco. "Tem que ficar em casa." Isso ela disse a um arbusto fincado no meio da vereda e que por isso puxava a roupa dos transeuntes. Um grande besouro aferrava-se a uma campânula, curvando a planta e desabando, mas empurrando com as patinhas, obstinado. "Sacuda esse passageiro gordo", aconselhou

ALEKSANDR GRIN

Assol. O besouro, de fato, não aguentou e, com um estalido, saiu voando para outro lado. Assim, alvoroçada, palpitante e reluzindo, ela se aproximou da encosta da colina, escondendo-se, em suas moitas, das extensões dos prados, mas agora cercada por seus verdadeiros amigos, que, como ela sabia, falavam com voz de baixo.

Ou então eram árvores volumosas e velhas em meio às madressilvas e aveleiras. Seus ramos pendiam, tocando as folhas superiores dos arbustos. Na volumosa folhagem das castanheiras, que descaíam tranquilamente, havia cones brancos de flores, cujo aroma se misturava ao cheiro de orvalho e resina. A vereda, recoberta de saliências de raízes escorregadias, ora caía, ora subia encosta acima. Assol sentia-se em casa; cumprimentava as árvores como se fossem pessoas, ou seja, apertando suas largas folhas. Ela caminhava sussurrando, ora mentalmente, ora com palavras: "Aí está você, aí está você também; vocês são muitos, meus irmãozinhos! Estou indo, irmãozinhos, tenho pressa, deixem-me ir. Reconheço todos vocês, eu me lembro de todos e reverencio todos vocês". Os "irmãozinhos" majestosamente afagavam-na como podiam – com folhas – e rangiam cordialmente em resposta. Sujando os pés de terra, ela alcançou o despenhadeiro junto ao mar e ficou de pé na borda do despenhadeiro, ofegante pela caminhada apressada. Uma fé profunda e invencível, em júbilo, borbulhava e rumorejava dentro dela. Ela a esparramava com o olhar para além do horizonte, de onde, com o leve rumor das ondas litorâneas, ela retornava orgulhosa com a pureza do voo. Enquanto isso, o mar, rodeado no horizonte por um fio dourado, ainda dormia; somente no fundo do despenhadeiro, nas poças dos buracos litorâneos, erguia-se e caía a água. Junto à costa, a cor de aço do oceano adormecido ia se transformando em azul e preto. Além do fio dourado, o céu, incendiando-se, resplandecia com um enorme leque de luz; nuvens brancas deslocavam-se com uma fraca vermelhidão. Cores delicadas e divinas brilhavam nelas.

Velas Escarlates: conto feérico

Ao longe, na vastidão negra, já se estendia uma palpitante brancura nevada; a espuma cintilava, e uma rubra explosão, incendiando-se em meio ao fio dourado, lançou pelo oceano, até os pés de Assol, uma ondulação escarlate.

Ela se sentou com as pernas encolhidas, os braços em volta dos joelhos. Inclinando-se atentamente em direção ao mar, ela olhou para o horizonte com seus olhos grandes, nos quais já não restava nada de adulto – eram os olhos de uma criança. Tudo que ela esperara durante tanto tempo e com tanto ardor acontecia ali, na borda do mundo. Ela viu, no país das distantes voragens, uma colina subaquática; de sua superfície, para cima, brotavam trepadeiras; em meio a suas folhas redondas, atravessadas na borda pelos caules, reluziam flores extravagantes. As folhas de cima cintilavam na superfície do oceano; quem não soubesse de nada, como Assol sabia, via apenas o tremor e o brilho.

Por detrás das moitas, ergueu-se um navio; ele emergiu e parou bem no meio da alvorada. Naquela vastidão, podia-se vê-lo claramente, como as nuvens. Espalhando alegria, ele ardia, como o vinho, a rosa, o sangue, os lábios, o veludo escarlate e o fogo encarnado. O navio vinha bem na direção de Assol. As asas da espuma tremeluziam sob o poderoso peso de sua quilha; já de pé, a moça apertou a mão contra o peito, quando o maravilhoso jogo de luz tornou-se uma leve tremulação; o sol nasceu, e a viva plenitude da manhã arrancou o manto de tudo que ainda se entregava à lassidão, refestelando-se sobre a terra sonolenta.

A moça suspirou e olhou ao redor. A música silenciou, mas Assol ainda estava sob o poder de seu sonoro coro. Aquela impressão pouco a pouco enfraqueceu, depois virou uma lembrança e, finalmente, um simples cansaço. Ela se deitou sobre a grama, bocejou e, fechando afortunadamente os olhos, adormeceu – um sono de verdade, forte como uma jovem noz, sem preocupações ou sonhos.

Foi acordada por uma mosca, que vagava por seu pé desnudo. Girando calmamente a perninha, Assol despertou; ao sentar-se, pôs--se a domar os cabelos desgrenhados, por isso o anel de Grey se fez lembrar, mas, achando que não passava de um galhinho preso entre os dedos, ela os endireitou; como o embaraço não desapareceu, ela levou a mão aos olhos, impaciente, e aprumou-se, instantaneamente saltando com a força de um chafariz que esguicha.

Em seu dedo, brilhava o anel radiante de Grey, como se o dedo fosse de outra pessoa – naquele momento, ela não podia reconhecê-lo como seu, não sentia que aquele dedo era seu. "De quem é isso? De quem é?", exclamou ela, com ímpeto. "Será que eu estou dormindo? Talvez tenha encontrado e esqueci." Pegando com a mão esquerda a mão direita, na qual estava o anel, ela olhou ao redor, com assombro, esquadrinhando com o olhar o mar e as moitas verdes; mas ninguém se movia, ninguém se escondia em meio aos arbustos, e, no mar azul, iluminado até longe, não havia nenhum sinal, e um rubor cobriu Assol, mas as vozes do coração diziam um pressagioso "sim". Não havia uma explicação para o que acontecera, mas, sem palavras e pensamentos, ela a encontrava em seu estranho sentimento, e o anel já se tornara caro a ela. Tremendo inteira, ela o tirou do dedo; segurando dentro da mão em concha, como água, ela o examinou – com toda a alma, com todo o coração, com todo o júbilo e a serena superstição da juventude; depois, escondendo-o no corpete, Assol cobriu o rosto com as mãos, por trás das quais irrompeu um sorriso incontrolável, e, de cabeça baixa, ela pegou o caminho de volta.

Assim, *fortuitamente*, como dizem as pessoas que sabem ler e escrever, Grey e Assol encontraram um ao outro, na manhã de um dia de verão pleno de inevitabilidade.

OS PREPARATIVOS PARA O COMBATE

Quando Grey subiu ao convés do *Segredo*, ele ficou alguns minutos de pé, imóvel, afagando a cabeça com a mão, da parte de trás até a testa, o que significava extrema perturbação. A distração – uma nebulosa movimentação de sentimentos – refletia-se em seu rosto pelo sorriso impassível de um sonâmbulo. Naquele momento, seu imediato, Panten, caminhava pela tolda com um prato de peixe frito; ao ver Grey, ele percebeu o estranho estado do capitão.

– O senhor por acaso se machucou? – perguntou ele, com cautela. – Onde o senhor esteve? O que o senhor viu? Aliás, isso é assunto seu, obviamente. Um corretor nos ofereceu um frete lucrativo, com gratificação. Mas o que é que o senhor tem?…

– Obrigado – disse Grey, suspirando, como se o tivessem desamarrado. – Eu estava sentindo falta justamente do som da sua voz simples e inteligente. É como água fria. Panten, avise o pessoal que hoje nós levantaremos âncora e avançaremos até a foz do Liliana, a umas dez milhas daqui. O curso dele é repleto de bancos de areia compactos. Só é possível alcançar a foz pelo mar. Vá buscar o mapa. Não precisa trazer o prático. Por enquanto é isso... Sim, esse frete lucrativo não vale meia pataca para mim. Pode dizer isso ao corretor. Vou à cidade, onde ficarei até a noite.

– Mas o que aconteceu?

– Rigorosamente nada, Panten. Quero que leve em consideração meu desejo de me esquivar de quaisquer interrogações. Quando chegar o momento, eu contarei ao senhor o que se passa. Diga aos marinheiros que temos um reparo a fazer; que o estaleiro local está ocupado.

– Está bem – disse Panten, de modo disparatado, a Grey, que já havia dado as costas e saído. – Será feito.

Embora as ordens do capitão fossem plenamente razoáveis, o imediato arregalou os olhos e, inquieto, foi correndo com o prato para sua cabine, resmungando: "Panten, ele deixou você perplexo. Será que ele não quer experimentar contrabando? Será que vamos sair com a bandeira negra dos piratas?". Mas então Panten enredou-se nas suposições mais selvagens. Enquanto ele dava cabo do peixe, nervosamente, Grey desceu até a cabine, pegou dinheiro e, atravessando a enseada, apareceu nos bairros comerciais de Lisse.

Agora ele já agia de modo resoluto e tranquilo, sabendo todo pormenor do que o esperava naquele maravilhoso caminho. Cada movimento, pensamento, ação aqueciam-no com o refinado deleite do trabalho artístico. Seu plano tomou forma de maneira instantânea e expressiva. Suas ideias sobre a vida submetiam-se àquela última incursão do cinzel, depois da qual o mármore fica sereno em seu magnífico esplendor.

Grey esteve em três lojas, dando particular importância à precisão da escolha, uma vez que, mentalmente, ele já enxergava a cor e as nuances necessárias. Nas duas primeiras lojas, mostraram-lhe sedas de cores berrantes, destinadas a satisfazer uma vaidade despretensiosa; na terceira, ele encontrou amostras de

Velas Escarlates: conto feérico

efeitos complexos. O dono da loja ficou alegremente azafamado ao exibir os tecidos encalhados, mas Grey continuou sério, como um anatomista. Ele examinou pacientemente os rolos, separou, moveu, desenrolou e observou a cor de uma quantidade tão grande de tiras que o balcão, coberto por elas, parecia incendiar-se. No bico da bota de Grey, estendeu-se uma onda púrpura; em suas mãos e em seu rosto, reluzia um reflexo rosado. Revirando-se em meio à leve resistência da seda, ele distinguia as cores; vermelho, rosa pálido, rosa-escuro; a densa ebulição dos tons de cereja, de laranja, rubro-escuros; havia ali nuances de todas as forças e significados, diversas em sua ilusória afinidade, de modo semelhante às palavras "encantador", "magnífico", "esplêndido" e "perfeito"; nos vincos, ocultavam-se indícios inacessíveis à língua da visão, mas a verdadeira cor escarlate demorou muito tempo para se revelar aos olhos de nosso capitão; o que o lojista trazia era bom, mas não evocava aquele "sim" claro e firme. Finalmente, uma cor atraiu a atenção desarmada do comprador; ele se sentou na poltrona, virado para a janela, puxou a longa ponta da ruidosa seda, jogou-a em seu colo e, desmoronando, com o cachimbo nos dentes, ficou contemplativamente imóvel.

Aquela cor perfeitamente pura, como uma corrente escarlate pela manhã, plena de nobre alegria e de majestade, era precisamente a cor altiva que Grey procurava. Nela, não havia nuances misturadas de fogo, pétalas de papoula, jogos de matizes violeta ou lilás; também não havia azuis nem sombras – nada que provocasse dúvida. Ela se ruborizava, como um sorriso, pelo fascínio de um reflexo da alma. Grey ficou tão pensativo que se esqueceu do dono da loja, que esperava atrás dele com a tensão de um cão de caça a postos. Cansado de esperar, o mercador se fez notar farfalhando um pedaço rasgado de tecido.

– Basta de amostras – disse Grey, levantando-se. – Vou levar esta seda.

– A peça inteira? – perguntou o mercador, duvidando respeitosamente. Mas Grey olhou para a testa dele, em silêncio, o que deixou o dono da loja um pouco mais desenvolto. – Nesse caso, quantos metros?

Grey fez um aceno, pedindo para que esperasse, e calculou a lápis num papel a quantidade necessária.

– Dois mil metros. – Em dúvida, ele examinou as prateleiras. – Sim, não mais que dois mil metros.

– Dois? – disse o dono da loja, saltitando convulsivamente, como uma mola. – Mil? Metros? Peço que o senhor se sente, capitão. Não deseja dar uma olhada em amostras de tecidos novos, capitão? Como queira. Aqui estão os fósforos, aqui tem um excelente tabaco; por gentileza. Dois mil... dois mil por... – Ele disse o preço, que tinha a mesma relação com o que era justo que um juramento tem com um simples "sim", mas Grey ficou satisfeito, de maneira que nem quis regatear. – É uma seda extraordinária, a melhor – continuou o lojista –, uma mercadoria sem comparação. Só aqui o senhor vai encontrá-la.

Quando ele finalmente conteve seu êxtase, Grey combinou com ele a entrega, assumindo as despesas, pagou a conta e saiu acompanhado pelo dono da loja com as honras de um imperador chinês. Enquanto isso, na rua, do lado oposto à loja, um músico ambulante, com seu tranquilo arco, afinava o violoncelo, fazendo-o falar num tom triste e bonito; seu companheiro, um flautista, recobria o canto das cordas com o murmúrio de um assobio gutural; a simples canção com que eles preenchiam o espaço aberto, que cochilava em meio ao calor, atingiu os ouvidos de Grey, e ele imediatamente compreendeu o que deveria fazer a seguir. No geral, durante todos aqueles dias, ele se encontrava naquela ditosa elevação da visão da alma da qual podia perceber, com clareza, todos os indícios e sugestões da realidade; ao ouvir os sons, abafados pelo

Velas Escarlates: conto feérico

andar das carruagens, ele entrou no centro das impressões e pensamentos mais importantes que, conforme seu caráter, aquela música provocava, já sentindo por que e como daria certo aquilo que ele imaginara. Passando pelas travessas, Grey atravessou os portões da casa em que se realizava a apresentação musical. Naquele momento, os músicos já se preparavam para ir embora; o alto flautista, com ar de dignidade abatida, agitava com gratidão o chapéu na direção das janelas de onde voavam as moedas. O violoncelo já voltara para baixo do braço de seu dono; este, enxugando a testa coberta de suor, esperava pelo flautista.

– Ora, mas é você, Zimmer! – disse-lhe Grey, reconhecendo o violinista que, durante a noite, alegrava, com sua bela música, os marinheiros que frequentavam a taverna Dinheiro para o Barril. – Como é que você foi trair o violino?

– Prezadíssimo capitão – replicou Zimmer, com ar satisfeito –, eu toco tudo que ressoa e range. Na juventude, fui palhaço musical. Agora, pendo mais para a arte e vejo, com desgosto, que arruinei um talento fora do comum. É por isso que, graças a uma avidez tardia, amo os dois de uma só vez: a viola e o violino. Toco o violoncelo de dia, e o violino, de noite, ou seja, eu meio que choro, soluço pelo talento arruinado. Não me pagaria um vinhozinho, hein? O violoncelo é a minha Carmen, e o violino…

– Assol – disse Grey.

Zimmer não ouviu.

– Sim – acenou ele –, um solo de pratos ou desses tubinhos de cobre é outra coisa. Aliás, o que eu estou dizendo?! Que os palhaços da arte façam as suas caretas – eu sei que é sempre no violino e no violoncelo que as fadas descansam.

– E o que é que se esconde no meu "tur-lu-ru"? – perguntou o flautista, que se aproximava, um rapagão alto com olhos azuis, de carneiro, e uma barba loira. – Pois, então, diga.

– Depende do quanto você bebeu desde a manhã. Às vezes, um pássaro, às vezes, os vapores do álcool. Capitão, esse é Duss, meu associado; eu contei a ele como o senhor esbanja o ouro quando bebe, e ele ficou apaixonado pelo senhor, a distância.

– Sim – disse Duss –, eu amo o gesto e a generosidade. Mas sou astuto, não acredite na minha infame lisonja.

– É o seguinte – disse Grey, rindo. – Tenho pouco tempo, e a questão é premente. Proponho a vocês um bom dinheiro. Reúnam uma orquestra, mas não de janotas com pomposas caras de morto, que, em seu pedantismo musical ou, o que é pior, na sua gastronomia sonora, esqueceram a alma da música e calmamente amortecem os palcos com seus ruídos intrincados. Não. Reúnam gente como vocês, que fazem chorar os corações simples das cozinheiras e dos criados; reúnam os seus vagabundos. O mar e o amor não toleram os pedantes. Eu teria muito prazer em me sentar com vocês e tomaria até mais de uma garrafa, mas preciso ir. Tenho muitos afazeres. Tomem isso e bebam em honra à letra A. Se gostarem da minha proposta, venham à noite até o *Segredo*; ele está perto do dique principal.

– De acordo! – exclamou Zimmer, sabendo que Grey pagava como um rei. – Duss, dê os cumprimentos, diga "sim" e gire seu chapéu, de tanta alegria! O capitão Grey quer se casar!

– Sim – disse simplesmente Grey. – Eu contarei a vocês todos os detalhes no *Segredo*. E vocês...

– À letra A! – Duss, dando uma cotovelada em Zimmer, piscou para Grey. – Mas... há muitas letras no alfabeto! Dê alguma coisa também para o Z...

Grey deu mais dinheiro. Os músicos foram embora. Então ele passou no escritório de comissão e deu uma missão secreta em troca de um bom dinheiro – para ser cumprida com urgência, dentro de seis dias. No momento em que Grey voltava a seu navio, o agente do escritório já embarcava no vapor. No fim do dia, trouxeram a

Velas Escarlates: conto feérico

seda; cinco veleiros contratados por Grey já estavam instalados com os marinheiros; Letika ainda não voltara, e os músicos não haviam chegado; à espera dele, Grey foi palestrar com Panten.

É preciso observar que Grey navegava com a mesma composição de tripulantes havia alguns anos. No início, o capitão surpreendia os marinheiros com caprichos e trajetos inesperados, paradas – que às vezes duravam meses – nos lugares menos comerciais e mais despovoados possíveis, mas pouco a pouco eles se imbuíram dos "greísmos" de Grey. Ele frequentemente navegava com um só lastro, recusando-se a aceitar um frete lucrativo só porque não gostava da carga oferecida. Ninguém conseguia convencê-lo a transportar óleo, pregos, peças de máquinas e qualquer outra coisa que ficasse em sombrio silêncio nos porões, evocando a inanimada ideia de uma enfadonha necessidade. Mas ele levava com gosto frutas, porcelana, animais, especiarias, chá, tabaco, café, seda, espécies valiosas de árvores; ébano, sândalo, palmeira. Tudo isso se devia ao aristocratismo de sua imaginação, que criava uma atmosfera pitoresca; não era surpreendente que a tripulação do *Segredo*, educada, desse modo, no espírito da singularidade, olhasse com certa arrogância para todas as demais embarcações, cobertas pela fumaça do lucro trivial. Ainda assim, dessa vez Grey encontrou uma indagação nas fisionomias; o mais obtuso dos marinheiros sabia muito bem que não havia necessidade de fazer reparos no leito de um rio da floresta.

Panten evidentemente transmitiu-lhes a ordem de Grey; quando ele entrou, seu imediato terminava de fumar o sexto charuto, vagando pela cabine, tonto com a fumaça e tropeçando nas cadeiras. A noite ia chegando; pela vigia aberta, assomava uma trave dourada de luz, na qual se incendiava a aba envernizada do quepe do capitão.

– Está tudo pronto – disse Panten, sombrio. – Se o senhor quiser, podemos levantar âncora.

– Panten, você deveria me conhecer um pouco melhor – observou Grey, em tom brando. – Não há mistério algum no que estou fazendo. Assim que lançarmos as âncoras no fundo do Liliana, eu contarei tudo, e você não vai mais gastar tantos fósforos com charutos ruins. Pode ir, levantar ferro.

Panten, sorrindo sem jeito, coçou a sobrancelha.

– É claro que é assim – disse ele. – Aliás, por mim tudo bem.

Quando ele saiu, Grey ficou mais um tempo sentado, imóvel, olhando para a porta entreaberta, depois foi para seu quarto. Ali, ele ora ficava sentado, ora deitado; ora prestava atenção ao ruído do cabrestante, que rolava a ruidosa corrente, e fazia menção de sair para o castelo de proa, mas de novo mudava de ideia e voltava à mesa, traçando, com o dedo pelo oleado, uma veloz linha reta. Uma batida de um punho na porta tirou-o daquele estado maníaco; ele virou a chave, deixando Letika entrar. O marinheiro, respirando pesadamente, parou, com o aspecto de um mensageiro que prevenira a tempo uma execução.

– "Voe, Letika", eu disse comigo mesmo – ele começou a falar velozmente – quando vi, do dique do cabo, o nosso pessoal dançando ao redor dos cabrestantes, cuspindo nas palmas das mãos. Eu tenho olhos de águia. E saí mesmo voando; bufei tanto com o barqueiro que o homem ficou coberto de suor, com a agitação. Capitão, o senhor queria me deixar na costa?

– Letika – disse Grey, olhando fixamente para seus olhos vermelhos –, eu não esperava que você chegasse depois da manhã. Já jogou água fria na nuca?

– Joguei. Não tanto quanto foi posto para dentro, mas joguei. Tudo foi feito.

– Fale.

– Não vale a pena falar, capitão; eu escrevi tudo aqui. Pegue e leia. Eu me esforcei muito. Vou-me embora.

Velas Escarlates: conto feérico

– Para onde?

– Vejo pela reprovação em seus olhos que joguei pouca água fria na nuca.

Ele se virou e saiu, com os estranhos movimentos de um cego. Grey abriu o papelzinho; o lápis deve ter ficado admirado quando traçou ali aquelas linhas, que lembravam uma cerca desengonçada. Letika escreveu o seguinte: "Conforme as instruções. Depois das cinco horas andei pela rua. Uma casa com teto cinza, duas janelas de cada lado; ao lado dela, uma horta. A figura mencionada apareceu duas vezes: um, para buscar água; dois, para buscar lascas de madeira para o fogão. Com a chegada da escuridão, penetrei a janela com o olhar, mas não vi nada, por causa das cortinas".

Depois, vinham algumas indicações de caráter familiar, aparentemente obtidas por Letika por meio de uma conversa à mesa, já que a anotação terminava, de modo um tanto inesperado, com as palavras: "No cálculo das despesas incluí um pouco da minha parte".

Mas, em essência, o relatório falava apenas daquilo que já sabíamos do primeiro capítulo. Grey colocou o papelzinho sobre a mesa, assobiou para o marinheiro de quarto e mandou buscar Panten, mas, em vez do imediato, apareceu o mestre Atwood, puxando as mangas arregaçadas.

– Estamos atracados no dique – disse ele. – Panten me mandou para saber o que o senhor deseja. Ele está ocupado: foi surpreendido por umas pessoas com cornetas, tambores e outros violinos. O senhor os chamou aqui para o *Segredo*? Panten está pedindo para o senhor ir até lá. Ele está com a cabeça confusa.

– Sim, Atwood – disse Grey –, eu chamei os músicos, mesmo; pode ir, diga para eles ficarem no alojamento da tripulação, por enquanto. Depois veremos como acomodá-los. Atwood, diga a eles e à tripulação que eu irei ao convés daqui a um quarto de hora. Que se reúnam; você e Panten também devem me escutar, é claro.

Atwood levantou a sobrancelha esquerda, como um gatilho, ficou um pouco junto à porta, de lado, e saiu. Grey passou aqueles dez minutos com o rosto coberto pelas mãos; ele não estava se preparando para nada nem calculando nada, só queria ficar mentalmente calado. Enquanto isso, todos já o esperavam, com impaciência e uma curiosidade cheia de conjecturas. Ele saiu e viu, naqueles rostos, a expectativa de coisas incríveis, mas, como ele mesmo achava plenamente natural o que estava sendo realizado, a tensão das outras almas refletiu-se nele com uma leve irritação.

– Não é nada de mais – disse Grey, sentando-se no alçapão da ponte. – Permaneceremos na foz do rio até termos trocado todo o cordame. Vocês viram que foi trazida uma seda vermelha; com ela, sob a direção do mestre veleiro Blent, serão confeccionadas novas velas para o *Segredo*. Depois partiremos, mas não direi para onde; de todo modo, não é longe daqui. Vou buscar a esposa. Ela ainda não é minha esposa, mas será. Preciso de velas escarlates, para que, de longe, como foi combinado com ela, ela nos perceba. É só isso. Como podem ver, não há nada de misterioso aqui. E basta com isso.

– Sim – disse Atwood, vendo, pelos rostos sorridentes dos marinheiros, que eles estavam agradavelmente desconcertados e não se atreviam a falar. – Então é isso, capitão… É claro que não cabe a nós julgar a esse respeito. Será como o senhor desejar. Eu o felicito.

– Obrigado! – Grey apertou com força a mão do mestre, mas este, fazendo um esforço extraordinário, respondeu com um aperto tal que o capitão cedeu. Depois disso, todos se aproximaram, trocando uns com os outros olhares de carinho acanhado e resmungando felicitações. Ninguém gritou nem fez barulho – os marinheiros sentiam algo não totalmente simples nas palavras entrecortadas do capitão. Panten suspirou, aliviado, e animou-se – o peso de sua alma se esvaíra. Um carpinteiro naval ficou insatisfeito com alguma coisa;

Velas Escarlates: conto feérico

depois de segurar, com indolência, a mão do capitão por um instante, ele perguntou, em tom sombrio:

– Como é que o senhor enfiou isso na cabeça, capitão?

– Como um golpe do seu machado – disse Grey. – Zimmer! Mostre sua criançada.

O violinista, batendo nas costas dos músicos, empurrou para a frente sete pessoas vestidas de maneira extremamente desleixada.

– Aqui estão – disse Zimmer. – Esse é o trombone; ele não toca, mas dispara, como um canhão. Esses dois rapazes imberbes são as trombetas; quando começam a tocar, logo dá vontade de guerrear. Depois, o clarinete, o cornetim de pistões e o segundo violino. Todos eles são mestres em abraçar o ligeiro primeiro violino, ou seja, a mim. E ali está o grande senhor de nosso alegre ofício: Fritz, o baterista. Os bateristas geralmente têm um ar desiludido, sabe, mas esse toca com dignidade, com entusiasmo. No tocar dele há algo franco e direto, como suas baquetas. Então está tudo feito, capitão Grey?

– Magnífico – disse Grey. – Todos vocês receberão um lugar no porão, que dessa vez, portanto, estará carregado com diversos *scherzi*, adágios e fortíssimos. Podem ir. Panten, tirem as amarras, zarpem. Vou rendê-lo daqui a duas horas.

Ele não percebeu aquelas duas horas, já que elas se passaram com aquela mesma música interior que não deixava sua consciência, como o pulso não deixa as artérias. Ele pensava em uma só coisa, queria uma só coisa, aspirava a uma só coisa. Homem de ação, ele se adiantava mentalmente ao curso dos acontecimentos, lamentando apenas não poder movê-los de maneira tão simples e ligeira como num jogo de damas. Nada em sua aparência tranquila manifestava a tensão de seus sentimentos, cujo ressoar, semelhante ao ressoar de um enorme sino que bate acima da cabeça, voava por todo o seu ser num estrondoso gemido nervoso. Isso finalmente levou-o ao ponto de começar a contar mentalmente: "Um... dois... trinta...", e assim por diante, até ele dizer "mil". Esse exercício surtiu efeito: ele finalmente foi capaz de olhar de fora todos os empreendimentos. Nesse ponto, ele ficou um pouco surpreso com o fato de que não podia imaginar a Assol interior, já que nem conversou com ela. Tinha lido em algum lugar que era possível, ainda que de maneira vaga, compreender uma pessoa se, imaginando-se como essa pessoa, copiasse a expressão de seu rosto. Os olhos de Grey já tinham começado a assumir uma expressão estranha, que não lhe era peculiar, e os lábios sob os bigodes, a formar um sorriso fraco e dócil, quando, voltando a si, ele caiu na gargalhada e saiu para render Panten.

Estava escuro. Panten, levantando a gola da jaqueta, caminhava junto à bússola, dizendo ao timoneiro: "Bombordo, um quarto do rumo; bombordo. Pare: mais um quarto". O *Segredo* avançava com metade das velas, com vento favorável.

– Sabe? – disse Panten a Grey. – Estou contente.

– Com o quê?

– Com o mesmo que o senhor. Entendi tudo. Aqui, na ponte. – Ele deu uma piscadela astuta, dando luz ao sorriso com o fogo do cachimbo.

– Pois então – disse Grey, subitamente adivinhando o que se passava. – O que é que você entendeu?

– O melhor método de fazer contrabando – sussurrou Panten. – Qualquer um pode ter as velas que quiser. O senhor tem uma cabeça genial, Grey!

– Pobre Panten! – disse o capitão, sem saber se se irritava ou se ria. – A sua conjectura é sagaz, mas desprovida de qualquer fundamento. Vá dormir. Dou minha palavra que você está equivocado. Estou fazendo o que eu disse.

Ele mandou-o dormir, verificou o curso e sentou-se. Agora nós o deixaremos, pois ele precisa ficar sozinho.

ASSOL FICA SOZINHA

Longren passou a noite no mar; ele não dormiu, não pescou, mas velejou sem direção definida, ouvindo o rumor da água, olhando para as trevas, enfrentando o vento e pensando. Nos momentos mais difíceis da vida, nada restaurava as forças de sua alma como aquelas vagueações solitárias. O silêncio, somente o silêncio e a solitude: era disso que ele precisava para que todas as vozes mais fracas e confusas do mundo interior passassem a soar de maneira compreensível. Naquela noite, ele pensou no futuro, na pobreza, em Assol. Para ele, era muito difícil deixá-la, mesmo que por pouco tempo; além disso, ele temia ressuscitar uma dor que já amainou. Talvez, ingressando no navio, ele novamente imaginaria que lá, em Caperna, estaria à sua espera a amiga, que nunca morreu, e então, ao retornar, ele se aproximaria da casa com o pesar de uma expectativa morta. Meri nunca mais sairia pelas portas da casa. Mas ele queria que Assol tivesse o que comer e por isso decidiu agir como manda a dedicação.

Quando Longren voltou, a moça ainda não estava em casa. Seus passeios matutinos não perturbavam o pai; dessa vez, porém, em sua espera havia uma leve tensão. Caminhando de um canto a outro, ao dar a volta, ele de repente viu Assol; entrando com ímpeto e sem ruído, ela parou diante dele, calada, quase o assustando com o brilho do olhar, que refletia agitação. Parecia ter-se aberto seu segundo rosto – aquele rosto verdadeiro das pessoas, de que geralmente só os olhos falam. Ela ficou em silêncio, olhando para o rosto de Longren de modo tão incompreensível que ele logo perguntou:

– Você está doente?

Ela não respondeu de imediato. Quando o sentido da pergunta finalmente tocou o ouvido de sua alma, Assol estremeceu, como o ramo tocado pela mão, e deu uma longa e uniforme risada de sereno triunfo. Ela tinha que dizer alguma coisa, mas, como sempre, não conseguia inventar exatamente o quê; ela disse:

– Não, estou saudável... Por que está me olhando assim? Estou alegre. É verdade, estou alegre, mas é porque o dia está muito bonito. O que é que você inventou? Já estou vendo pela sua cara que inventou alguma coisa.

– Não importa o que eu inventei – disse Longren, sentando a moça em seu colo –, pois eu sei que você vai entender a questão. Não temos com que viver. Eu não vou enfrentar longos percursos de novo, mas vou trabalhar no vapor do correio, que viaja entre Casset e Lisse.

– Sim – disse ela, distante, esforçando-se por adentrar nas preocupações e nos assuntos dele, mas horrorizada pelo fato de que era incapaz de conter a alegria. – Isso é muito ruim. Sentirei saudades. Volte logo. – Assim falando, desabrochou nela um sorriso incontrolável. – Sim, volte logo, meu querido; eu vou esperar.

– Assol! – disse Longren, segurando o rosto dela com as mãos e virando-o para si. – Fale logo o que aconteceu!

Ela sentiu que precisava desanuviá-lo de seu desassossego e, dominando o júbilo, ficou séria e atenciosa, só em seus olhos ainda brilhava a nova vida.

Velas Escarlates: conto feérico

– Você está estranho – disse ela. – Rigorosamente nada. Eu estava colhendo nozes.

Longren não teria acreditado plenamente naquilo se não estivesse tão ocupado com seus pensamentos. A conversa deles tornou-se prática e detalhada. O marinheiro pediu à filha que arrumasse sua bolsa; enumerou todas as coisas necessárias e deu alguns conselhos.

– Voltarei para casa daqui a uns dez dias, e você deixe armada a minha espingarda e fique em casa. Se alguém vier ofender você, diga: "Longren volta logo". Não pense em mim e não se preocupe comigo; não vai acontecer nada de mau.

Depois disso, ele comeu, deu um forte beijo na moça e, jogando a bolsa por cima do ombro, saiu para a estrada da cidade. Assol seguiu-o com os olhos, até que ele desapareceu atrás da curva; depois, virou-se. Ela tinha muito trabalho doméstico pela frente, mas tinha se esquecido disso. Com interesse e uma leve surpresa, ela olhou ao redor, como se já fosse estranha àquela casa, tão incorporada à sua consciência desde a infância que parecia sempre a ter levado consigo, mas que agora tinha aquela aparência de um local familiar visitado anos depois, em outro momento da vida. Mas pareceu-lhe haver algo indigno naquela reação, algo errado. Ela se sentou à mesa em que Longren fabricava os brinquedos, e tentou colar o leme à popa; ao olhar para aqueles objetos, ela involuntariamente os enxergou grandes, verdadeiros; tudo que aconteceu de manhã novamente ergueu-se nela com um tremor de inquietação, e o anel dourado, do tamanho do sol, caiu a seus pés, vindo do mar.

Sem mesmo se sentar, ela saiu de casa e foi a Lisse. Ela não tinha absolutamente nada a fazer lá; não sabia por que estava indo, mas não conseguia não ir. Na estrada, topou com um transeunte que precisava informar-se a respeito de certa direção; ela lhe explicou muito bem o caminho e imediatamente esqueceu-se daquilo.

ALEKSANDR GRIN

Todo o longo caminho passou de maneira despercebida, como se ela estivesse levando um passarinho que absorvia toda a sua carinhosa atenção. Perto da cidade, ela se distraiu um pouco com o barulho que voava de seu enorme círculo, mas a cidade não tinha sobre ela o poder de antes, quando, provocando susto e medo, ela fazia de Assol uma covardona calada. Ela estava enfrentando-a. Atravessou lentamente a alameda circular que cortava as sombras azuis das árvores, olhou com ar crédulo e leve para os rostos dos pedestres, com passo uniforme, cheia de confiança. Ao longo do dia, a raça das pessoas observadoras notou, repetidas vezes, uma moça desconhecida, estranha ao olhar, que passava em meio à vívida multidão com profundo ar contemplativo. Na praça, ela encostou a mão na corrente do chafariz, passando os dedos pelos respingos refletidos; depois, sentou-se, descansou e voltou à estrada da floresta. Fez o caminho de volta com a alma fresca, num estado de espírito pacífico e sereno, semelhante a um riacho noturno, que finalmente substituiu os espelhos multicoloridos do dia pelo brilho uniforme das sombras. Aproximando-se do povoado, ela avistou aquele mesmo carvoeiro que teve a impressão de ver a cesta florescer; ele estava de pé ao lado de sua carroça, com duas sombrias pessoas desconhecidas, cobertas de fuligem e sujeira. Assol alegrou-se.

– Olá, Filipp – disse ela –, o que está fazendo aqui?

– Nada, mosquinha. Soltou a roda, mas eu já consertei. Agora estou fumando um pouco e papeando com o pessoal. Está vindo de onde?

Assol não respondeu.

– Sabe, Filipp – disse ela –, eu gosto muito de você, e por isso vou contar só para você. Partirei em breve; partirei para sempre, possivelmente. Não conte a ninguém.

– Você quer partir? Aonde pretende ir? – admirou-se o carvoeiro, escancarando a boca com ar de interrogação, o que fazia com que sua barba ficasse mais comprida.

Velas Escarlates: conto feérico

– Não sei. – Ela examinou lentamente a clareira debaixo do olmo, onde estava a telega, a grama verde contra a luz rosada do crepúsculo, os carvoeiros, negros e taciturnos, e, depois de pensar um pouco, acrescentou: – Tudo isso é desconhecido para mim. Não sei nem o dia, nem a hora, nem mesmo sei aonde. Não direi mais nada. Então, por via das dúvidas, adeus; você me levou muitas vezes.

Ela pegou a mão, enorme e negra, e levou-a a um estado de relativo tremor. No rosto do trabalhador, abriu-se a fenda de um sorriso imóvel. A moça fez um aceno, deu a volta e foi-se embora. Ela desapareceu tão depressa que Filipp e seus amigos nem tiveram tempo de virar a cabeça.

– Que prodígio – disse o carvoeiro –, vai entender essa aí. Tem alguma coisa nela hoje... assim, sei lá.

– É verdade – apoiou o segundo –, não sei se está falando, se está tentando convencer. Não é da nossa conta.

– Não é da nossa conta – disse também o terceiro, suspirando. Depois, todos os três subiram na carroça e, estalando as rodas pela estrada pedregosa, esconderam-se na poeira.

O SEGREDO ESCARLATE

Era uma branca hora matutina; na enorme floresta, erguia-se um fino vapor, cheio de estranhas visões. Um caçador desconhecido, que acabou de abandonar sua fogueira, movia-se ao longo do rio; por entre as árvores, brilhava o clarão de seus vazios aéreos, mas o aplicado caçador não se aproximava deles, enquanto examinava o rastro fresco de um urso que se dirigia às montanhas.

Um som repentino irrompeu em meio às árvores com a surpresa de uma perseguição alarmada; era um clarinete entoando uma canção. O músico, ao sair para o convés, tocou um trecho de uma melodia cheia de uma repetição triste e prolongada. O som estremecia, como uma voz que tenta esconder o pesar; fortaleceu-se, sorriu com uma modulação melancólica e cessou. Um eco distante cantarolou vacilante a mesma melodia.

O caçador, depois de marcar o vestígio de um galho quebrado, penetrou na água. A bruma ainda não se dissipou; nela, feneciam os contornos de um imenso navio, virando lentamente em direção à foz do rio. Suas velas recolhidas tinham ganhado nova vida, com festões pendurados, alisadas, cobrindo os mastros com imponentes

Velas Escarlates: conto feérico

escudos de imensas dobras; ouviam-se vozes e passos. O vento litorâneo, tentando soprar, sacudia preguiçosamente as velas; finalmente, o calor do sol produziu o efeito necessário; a força do ar redobrou, dissipou a bruma e derramou-se pelas vergas em leves formas escarlates, cheias de rosas. Sombras rosadas deslizavam pela brancura dos mastros e do cordame, tudo era branco, exceto pelas velas estendidas e suavemente agitadas, da cor de uma alegria profunda.

O caçador que observava da orla esfregou os olhos por muito tempo, até convencer-se de que estava vendo justamente aquilo, e não outra coisa. O navio desapareceu atrás da curva, mas ele continuou ali, olhando; depois, encolhendo os ombros em silêncio, foi atrás de seu urso.

Enquanto o *Segredo* ia pelo curso do rio, Grey ficou junto ao timão, sem confiar o leme ao marinheiro: temia os bancos de areia. Panten ia sentado ao seu lado, com um traje novo, de lã, um quepe novo e brilhante, a barba feita, ele estava resignadamente sério. Como antes, ele não via nenhuma relação entre o arranjo escarlate e o objetivo concreto de Grey.

– Agora – disse Grey – que as minhas velas se enrubesceram, que o vento está bom e no meu coração há mais felicidade que no elefante ao ver um pequeno pãozinho, tentarei dispô-lo com meus pensamentos, como prometi em Lisse. Perceba, eu não o considero estúpido ou teimoso, não; é um marinheiro exemplar, e isso vale muito. Mas você, como a maioria, ouve as vozes de todas as verdades descomplicadas através do grosso vidro da vida; elas gritam, mas vocês não escutam. Estou fazendo algo que existe como uma velha noção de algo que é belo e irrealizável, mas que, em essência, é tão realizável e possível como um passeio no campo. Logo vocês hão de ver uma moça que não pode e não deve casar-se de outro modo que não por esse método que estou usando diante de seus olhos.

ALEKSANDR GRIN

Ele contou resumidamente ao marinheiro aquilo que já sabemos bem, terminando a explicação assim:

– Está vendo como aqui estão fortemente entrelaçados o destino, a vontade e o caráter? Eu vim buscar aquela que espera e que poderia esperar somente por mim, pois eu não desejo ninguém além dela, talvez justamente porque, graças a ela, eu compreendi uma verdade descomplicada. Ela consiste em realizar com as próprias mãos os assim chamados milagres. Quando a coisa mais importante para uma pessoa é receber uma valiosíssima pataca, é fácil entregar essa pataca, mas, quando a alma guarda o germe de uma planta ardente, do milagre, realize então esse milagre, se tiver condições. Essa pessoa terá uma nova alma, e você também terá uma nova alma. Quando um diretor de prisão solta um prisioneiro por conta própria, quando um bilionário presenteia um escrivão com uma vila, uma cantora de opereta e um cofre, e um jóquei refreia de leve seu cavalo em favor de outro animal que não tem sorte, então todos entenderão como é agradável, como é indescritivelmente milagroso. Mas há milagres que não são menores: o sorriso, a alegria, o perdão e a palavra dita na hora certa. Possuir isso significa possuir tudo. Quanto a mim, o nosso começo, meu e de Assol, permanecerá para sempre no reflexo escarlate das velas, criadas pelas profundezas de um coração que sabe o que é o amor. Você me entendeu?

– Sim, capitão – grasnou Panten, enxugando os bigodes com um lencinho limpo e cuidadosamente dobrado. – Entendi tudo. O senhor me comoveu. Vou descer e pedir desculpa ao Nicks; eu o xinguei ontem por causa de um balde afundado. E vou dar a ele um pouco de tabaco; ele perdeu o dele nas cartas.

Antes que Grey, um tanto surpreso pelo resultado prático tão rápido de suas palavras, tivesse tempo de dizer qualquer coisa, Panten já descia ruidosamente pelo alçapão e suspirava em algum lugar

Velas Escarlates: conto feérico

distante. Grey espiou ao redor e olhou para o alto; acima dele, enfunavam-se silenciosamente as velas escarlates; o sol reluzia em suas costuras com uma fumaça púrpura. O *Segredo* ia em direção ao mar, afastando-se da costa. Não havia nenhuma dúvida na estrepitosa alma de Grey – nem as batidas surdas do alarme, nem o ruído das pequenas preocupações; tranquilo, como as velas, ele se precipitava em direção a seu maravilhoso objetivo, cheio de pensamentos que ultrapassam as palavras.

Perto do meio-dia, apareceu no horizonte o fio da fumaça de um cruzador; o cruzador mudou seu curso e, à distância de meia milha, levantou o sinal "pôr-se à deriva!".

– Amigos – disse Grey aos marinheiros. – Eles não vão abrir fogo contra nós, não tenham medo; eles simplesmente não acreditam no que estão vendo.

Ele deu ordem de derivar. Panten, gritando como se acontecesse um incêndio, tirou o *Segredo* do vento; a embarcação parou, enquanto do cruzador vinha a toda uma lancha a vapor, com a tripulação e o tenente, de luvas brancas; o tenente, ao chegar ao convés do navio, olhou ao redor, assombrado, e foi com Grey à sua cabine, de onde saiu uma hora depois, fazendo estranhos gestos com as mãos e sorrindo, como se tivesse recebido uma promoção, e voltou ao cruzador azul. Pelo visto, dessa vez Grey teve mais êxito do que com o ingênuo Panten, já que o cruzador, tardando a partir, disparou contra o horizonte uma poderosa salva de artilharia, cuja fumaça impetuosa, perfurando o ar com enormes esferas cintilantes, dissipou-se em farrapos sobre a água serena. No cruzador, reinou o dia inteiro certa estupefação quase festiva; o estado de espírito não era de trabalho, ele fora perturbado sob o signo do amor, de que falavam em toda parte – do salão até a estiva de máquinas –, e um guarda da seção de minas perguntou a um marinheiro que passava: "Tom, como é que você se casou?". "Eu a agarrei pela saia quando ela tentava pular para fora da minha casa pela janela", disse Tom e torceu os bigodes, orgulhoso.

Durante um tempo, o *Segredo* avançou pelo mar vazio, longe da costa; perto do meio-dia, a costa abriu-se ao longe. Pegando a luneta, Grey fixou-a em Caperna. Não fosse a fileira de telhados, ele teria distinguido Assol na janela de uma das casas, sentada com algum livro nas mãos. Ela estava lendo; pela página, rastejou um besouro esverdeado, parando e soerguendo-se nas patas dianteiras com ar familiar e à vontade. Por duas vezes ele já foi soprado sem piedade para o peitoril, de onde aparecia novamente, confiante e livre, como se quisesse dizer algo. Dessa vez, tinha conseguido chegar quase até a mão da moça, que segurava o canto da página; ali, ele se deteve na palavra "olhe", parou, em dúvida, esperando uma nova lufada; e, de fato, mal pôde evitar o aborrecimento, pois Assol já exclamava "De novo você, besourinho... Bobinho!..." e fez menção de soprar definitivamente o hóspede para a grama, mas, de repente, a passagem casual de seu olhar, de um telhado para outro, revelou-lhe, na azulada fresta marinha do espaço da rua, um navio branco de velas escarlates.

Ela estremeceu, desmoronou, paralisou-se; depois, saltou bruscamente, com o coração desabando vertiginosamente, irrompendo em lágrimas incontroláveis de comoção inspirada. Nesse momento, o *Segredo* contornava o pequeno cabo, mantendo o canto do bombordo na direção da costa; em meio ao dia azul, a suave música ressoava do convés branco, sob o fogo da seda escarlate; uma música de modulações rítmicas, transmitidas, de modo não totalmente bem-sucedido, por suas famosas palavras: "Encham, encham os copos, e bebamos, amigos, ao amor..." – em sua simplicidade, em júbilo, a agitação revirava-se e rumorejava.

Sem se lembrar de como tinha deixado a casa, Assol já corria em direção ao mar, capturada pelo vento irresistível do acontecimento;

Velas Escarlates: conto feérico

na primeira esquina, ela parou, quase sem forças; suas pernas fraquejavam, a respiração falhava e extinguia-se, os sentidos mantinham-se por um fio. Fora de si pelo medo de perder a vontade, ela bateu o pé e se recompôs. De tempos em tempos, ora um telhado, ora uma cerca ocultavam dela as velas escarlates; então, com medo de que elas tivessem desaparecido, como uma simples visão, ela se apressou para vencer aqueles torturantes obstáculos e, vendo novamente o navio, parou para respirar, aliviada.

Enquanto isso, em Caperna, acontecia tamanha confusão, tamanha agitação, uma desordem tão generalizada que não ficava atrás, em seu efeito, de qualquer terremoto famoso. Um navio grande nunca tinha se aproximado daquela costa; o navio tinha aquelas mesmas velas cujo nome soava como chacota; agora, elas ardiam de forma clara e irrefutável, com a inocência de um fato que refutava todas as leis da existência e do bom senso. Homens, mulheres e crianças corriam a toda em direção à orla, cada um como podia; os moradores chamavam um ao outro de casa em casa, topavam uns nos outros, berravam e caíam; logo formou-se uma multidão junto à água, e Assol entrou correndo, com ímpeto, no meio dessa multidão.

Enquanto ela não estava ali, seu nome voou em meio à gente com um alarme nervoso e lúgubre, com um sobressalto raivoso. Os que mais falavam eram os homens; as mulheres, estupefatas, soluçavam de maneira sufocada, com um silvo viperino, mas, se alguma começava a matraquear, metia o veneno na cabeça. Assim que Assol apareceu, todos se calaram, todos se afastaram dela, com medo, e ela ficou sozinha em meio ao vazio da areia escaldante, desnorteada, envergonhada, feliz, com o rosto tão escarlate quanto seu milagre, estendendo, desamparada, os braços em direção ao elevado navio.

Dele, destacou-se um barco, cheio de remadores bronzeados; no meio deles, estava aquele que, como agora lhe parecia, ela já conhecia, de quem tinha uma vaga lembrança, da infância. Ele olhava para ela com um sorriso que aquecia e apressava. Mas Assol foi dominada, no final, por milhares de ridículos receios; com um medo mortal de tudo – erros, equívocos, empecilhos secretos e nocivos – ela entrou correndo, até a cintura, no cálido balançar das ondas, gritando: "Estou aqui! Estou aqui! Sou eu!".

Então Zimmer brandiu o arco, e aquela mesma melodia ribombou pelos nervos da multidão, mas, dessa vez, num coro pleno e triunfante. Com a agitação, o movimento das nuvens e das ondas, o brilho das águas e da vastidão, a moça quase não conseguia mais distinguir o que se movia: ela, o navio ou o barco – tudo se movia, girava e caía.

Mas o remo marulhou ao lado dela; ela ergueu a cabeça. Grey encurvou-se, as mãos dela agarraram-lhe o cinto. Assol semicerrou os olhos; depois, abrindo-os rapidamente, sorriu, sem hesitar, para o rosto radiante dele, e, arquejando, disse:

– Você é exatamente como eu pensei.

– E você também, minha pequena! – disse Grey, tirando da água aquela joia molhada. – Estou aqui, cheguei. Você me reconheceu?

Ela acenou, segurando no cinto dele, com uma nova alma e olhos palpitantes e semicerrados. A felicidade aconchegou-se nela como um gatinho felpudo. Quando Assol atreveu-se a abrir os olhos, o balanço do escaler, o brilho das ondas, o costado do *Segredo*, que se aproximava, revirando-se vigorosamente – tudo era um sonho, onde a luz e a água balouçavam, rodopiando, de maneira semelhante ao jogo dos reflexos do sol sobre uma parede recoberta por seus raios. Sem perceber como, ela subiu pela prancha, nos fortes braços de Grey. O convés, coberto e ornado com tapetes, em meio aos refluxos escarlates das velas, era como um jardim celestial. E logo Assol viu que estava na cabine – um quarto que não poderia ser melhor.

Velas Escarlates: conto feérico

Então, lá de cima, abalando e envolvendo o coração em seu clamor triunfante, precipitou-se novamente a grandiosa música. De novo Assol fechou os olhos, temendo que tudo aquilo desaparecesse se ela olhasse. Grey segurou-lhe as mãos, e ela, agora já sabendo que poderia ir em segurança, escondeu seu rosto molhado de lágrimas no peito do amigo, que tinha vindo de maneira tão mágica. Com cuidado, mas rindo – ele mesmo comovido e surpreso pelo fato de que havia chegado aquele momento precioso, indescritível e inacessível –, Grey levantou pelo queixo aquele rosto há tanto tempo sonhado, e os olhos da moça afinal abriram-se plenamente. Neles, havia tudo que há de melhor no ser humano.

– Você vai levar conosco o meu Longren? – disse ela.

– Sim. – E deu-lhe um beijo tão forte após seu férreo "sim", que ela começou a rir.

Agora, vamos nos afastar deles, sabendo que precisam ficar sozinhos juntos. Há no mundo muitas palavras em diferentes línguas e diferentes dialetos, mas com todas elas não é possível transmitir, nem mesmo de longe, aquilo que eles disseram um ao outro naquele dia.

Enquanto isso, no convés, junto ao mastro grande, ao lado do barrilete carcomido por vermes, com o fundo aberto revelando a escura e centenária bem-aventurança, toda a tripulação já estava à espera. Atwood estava de pé; Panten, sentado, com ar solene, cintilando como um recém-nascido. Grey veio para cima, deu o sinal para a orquestra e, tirando o quepe, foi o primeiro a colher, com um copo lapidado, em meio à canção das trombetas douradas, o vinho sagrado.

– Pois bem… – disse ele ao terminar de beber, largando depois o copo. – Agora bebam, bebam todos; quem não beber é meu inimigo.

Não precisou repetir aquelas palavras. No momento em que, a toda força, com todas as velas, o *Segredo* afastava-se da eternamente horrorizada Caperna, a aglomeração ao redor do barrilete superou tudo que acontece de semelhante nas grandes festividades.

– Que achou dele? – perguntou Grey a Letika.

– Capitão! – disse o marinheiro, procurando as palavras. – Não sei se gostei dele, mas preciso pensar bem as minhas impressões. Uma colmeia e um jardim!

– O quê?!

– Quero dizer que enfiaram uma colmeia e um jardim na minha boca. Sejam felizes, capitão. E que seja feliz aquela que eu chamarei de "melhor carga", melhor prêmio do *Segredo*!

Quando, no outro dia, começou a clarear, o navio estava longe de Caperna. Parte da tripulação permaneceu deitada sobre o convés do mesmo jeito que pegou no sono, vencida pelo vinho de Grey; mantinham-se de pé somente o timoneiro e o marinheiro de quarto, e também Zimmer, sentado na popa, com o braço do violoncelo no queixo, pensativo e embriagado. Sentado, ele movia calmamente o arco, fazendo as cordas falar com uma voz mágica e etérea, e pensava na felicidade...